다이어터
LIGHT

1

라이트 에디션

글 네온비 그림 캐러멜

중앙books

이 만화의 중요한 배경이
되는 곳을 소개합니다.
우..
우우..
배고파..
추워..
아파..
쿵쿵쿵…
힘들어..
귀찮아..
쿵
쿵
쿵
쿵
불쑥
와하
하하
하하!!
이
구질구질한
동네는
뭐지!
와글
와글
사삭
폴짝
삭
뭘 봐! 이 자식!
불만 있냐?
히익!
쾅

허약하고
쓸모 없는
자식!!
왜 아직도
이 나라에
살고
있는 거야?!
이 자식!
이 자식!!
죄..
죄송합니다.
히익…
그래,
그렇게 그냥
있는 듯 없는 듯
있어도
죽은 것처럼
살라고!
키히히히!
쿠헤헤헤!
와하하하!
척 척 척
여기 깡패들이
지배하는
꿈도 희망도
없는 나라가
있습니다.
흉포하면서도
어쩐지 귀여운
녀석들과
ㅋ ㅋ ㅋ
이들을
이끄는
대장.
생긴 바와 같이
매우 욕심이
많고
잔인하며
지능적인
두뇌와
행동력을
겸비한 매우
데인져러스한
녀석이죠.
슬금슬금 조직원을
모으더니 이젠 완전히 이 도시를
장악한 세력으로 성장.
와글 와글
그 수는 지금도 꾸준히 늘어나는 중입니다.

크윽.. 저놈들 때문에 더 이상 못 살겠어!
으으.. 어쩌면 좋지?
저기 좀 보세요 아버지!! 마을 우물도 모두 막힐 지경!!
저 놈들 완전 미쳤어요!!
ㅋ
ㅋㅋ
폴짝
몇 년 전까지만 해도 착한 애들 이었는데 ..흑흑..
참 바름아이야
아버지! 지금와서 옛날 생각해봤자 소용 없다니까요! 하루 빨리 저놈들을 몰아내야 해요!!
쾅
어이! 우리 조직에 새로운 식구가 또 늘어나서 말이야!
잠시만 같이 지내라구! 사이좋게!!
꾸역
꾸역
아야..
캬하하하하
꾸욱
꾹

좁아!
이래서는 아무것도 못해!
이런 지긋지긋한 집구석!! 으헝헝!!
오! 자리가 늘었네. 자 자 여기로 한 명 더 오라구. ㅋㅋㅋ
나날이 심해지는 그들의 횡포에 견디지 못하고 떠나는 서민들이 늘어만 갔고
그들 대부분은 두번 다시 돌아오지 못했습니다.

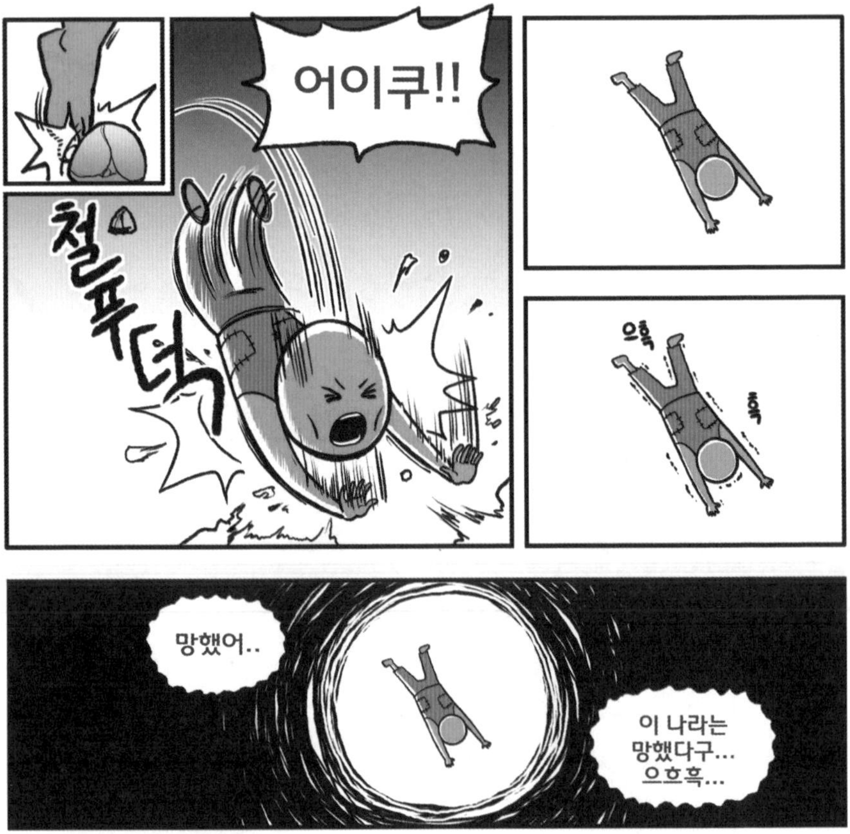

이 나라에 꼭 필요한
일꾼이지만 지방에 밀려
살 자리를 빼앗기고 있는
불쌍한 서민.

그 수가 너무 많이 늘어난 나머지
나라 곳곳에 파고들어가
온갖 민폐를 끼치고 다니는
욕심쟁이.

오! 얘들아 나와라!
쏴아아-
오옷!
수지가 또 뭔갈 처먹고 있나봐!!
와아아아아
캬하하!
이 나라는 역시 최고야!!
캬하하하하

신수지

이 나라의
실제 주인이자
무책임한 방관자.

이 만화는 자신의 몸속 세상이
질서가 바로잡힌 나라로 바뀌어 가도록
노력하는 수지양의 투쟁기입니다.

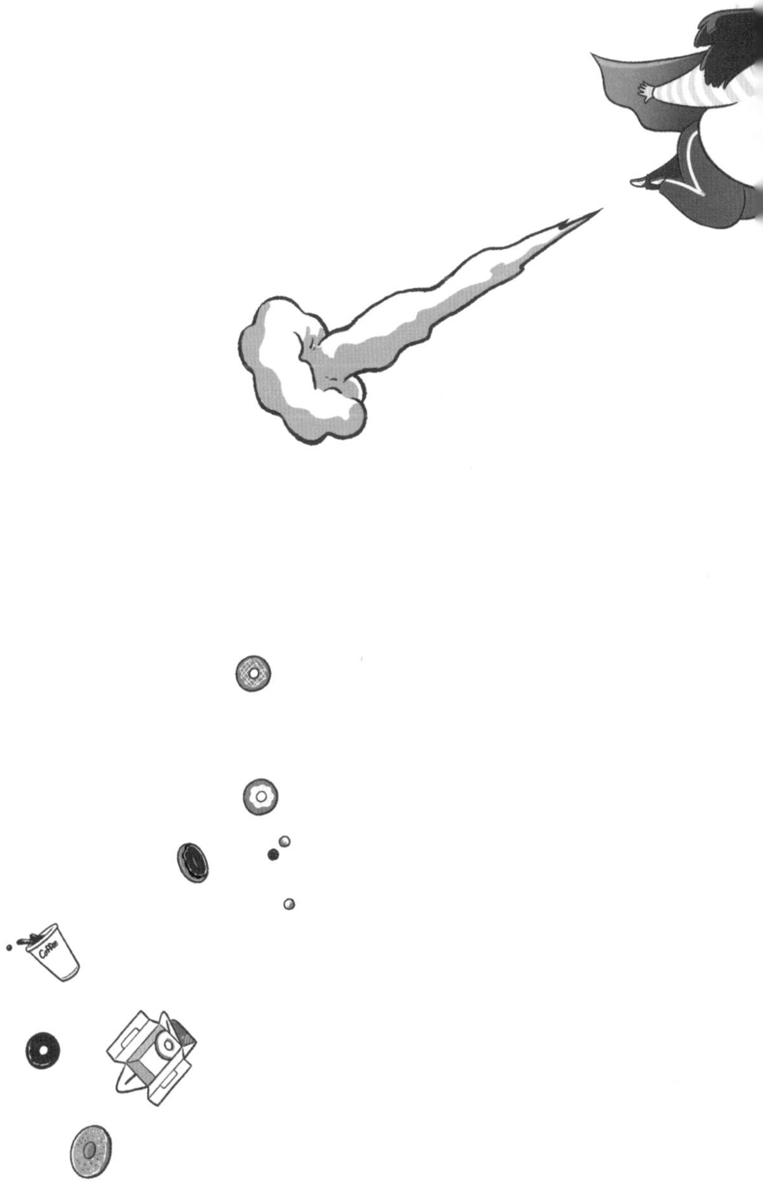

이젠 빠질 때도 되지 않았나?

평범한 은행원
신수지양 (25세)
그녀는 깨닫기
시작한다.
왜 이렇게
뚱뚱한 게
오래가지?
나 좀
위험한 거
아닌가?
점점 더
찌는 거
같은데?
지금이라도
살 빼야
되는 거 아니야?
파앗
듬뿍
아하하하
와삭
와삭
NACHO
깨달았다고 해서
당장 뭔가
바뀌진 않았다.
수지는 언제나
먹던 만큼 먹고
자던 만큼
자고
커헝
커허헝
NACHO
운동은
안 했다.
피자
마음만
먹으면
금방이라도
뺄 수 있을 것
같은데

마음이 잘 안 먹어진다.
삐뽀
삐뽀
도이치 휠레를
정말 좋아하시나봐요.
늘 감사합니다.
여기 쿠폰.
쫘욱
아하하하
안타깝게도
수지는
시켜먹기만
잘했다.
여러분!
새해가 되면
다이어트
하겠다던
자신과의
약속 지키고
계신가요?
꾸준한 운동과
건강한
식습관이야말로
다이어트 성공의
첫걸음이죠!
우리 다함께
노력해봐요!

일단 이 정도가 수지가 할 수 있는 최대한의 양보.

수지와 부장은 통하는 데가 있었다.

부장 좀
그렇지 않아?
기름종이로
계속 얼굴을
닦더라고…
게다가
그 종이를
아무데나
버리더라니까.
휴게실
그리고 아직
미혼이라며?
하긴 결혼하기
힘들 것 같은
얼굴이긴 해.
부장이랑
결혼하고 싶은
여자가 과연
있을까?
…
난…그래도
부장님 좋은 사람
같던데?
활짝
수지 씨…!!
꾹
꾹
모두가 싫어하는,
뚱뚱하고 괴팍한
나를 편들어줬어..!
앞으로
기름종이는 꼭
쓰레기통에
버릴게…
미안해…
자자,
간식거리 좀 사왔어.
먹고 일하라구~.
부장은 늘 이런 식으로
인기를 얻고 싶어했는데
어휴,
부장님 살 쪄요~.
전 안 먹을래요.
저도 패스.
와앙 맛있겠다.
전 먹을래여~.

그걸 받아주는 사람도 수지뿐…

수지는 이렇게 살고 있었다.

수지의
평범한 휴일.
끄으으응…차!
피잉
털살 때문인가.
일어날 때마다
왜 이렇게
답답하지?
쯔욱
두통도 좀
있는 것 같고…
어렸을 때는 나보고 다들
건강해 보인다고 했는데…
치카
치카
주물
주물
꾹
꾹
요즘은 손발도
자주 저리고..
오래 서 있으면
다리가 시리고..

사실 수지의 상태는
보기보다 심각했다.
아침에 일어나면
머리가 핑 도는 것도,
다리가 저리고
무릎이 쑤시는 것도,
코가 자주 막히는 것도,
수지는 단지
피곤해서 그런 거려니
여기고 있었다.
따뜻한 것 먹고
휴식하면
괜찮을 거야.
삐이익
아하하하
와삭
와삭
네~! 여러분.
새해도 벌써
4분의 1이
지나가고
있습니다!
세월 참 빨라요.
새해가 된지 엊그제 같은데
벌써 여름이 다가오는
소리가 들려요!
시청자 여러분.
여름이 오기 전에
꼭 해야 하는 게 뭔지
아십니까?
바로
다이어트죠!
그럼요!
다이어트! 다이어트!
다들 하고 계실 텐데요.
오늘은
여러분께!!
다이어트에
효과적인
이 기구를!!
소개해 볼까
합니다.
하지마.
안 사.
안 살 거야.
살까보냐.

혼자하는 운동에 지치고 힘드신 분들을 위한 헬스사이클
<슈퍼 다이어트 폭풍감량 파트너>와 함께 새롭게 시작해 보세요.
최첨단 인공지능 장착. 페달을 밟으면 밟을수록 똑똑하고 강력한 파트너로 진화!
운동 중 훌륭한 대화상대가 되어드릴 것을 약속드립니다!
최대 5명의 유저들과 함께 적외선 대전을 즐기실 수도 있습니다. 최강의 파트너를 가려보세요!
오리, 고릴라, 닭 총 세 가지 헤드가 준비되어 있습니다.
혼자하는 운동은 지겨워서 오래 지속하지 못하지만 <슈퍼 다이어트 폭풍감량 파트너>와 함께라면 어느새 한 시간은 훌쩍 가버리는 겁니다.
우와~우! 이건 혁명인데요? 운동이 재미있으니 살은 저절로 빠지겠군요?
그렇죠! 그동안 이렇게 쉬운 다이어트를 왜 아직까지 몰랐나~ 하실 겁니다!
저런걸 누가사…
이 혁신적인 다이어트 기계가 단돈 299,000원에!!

30만 원도 안 되는 가격이군요! 하지만 여기서 끝이 아니에요.
아~니? 뭐가 또 있을까아?
갸웃 갸웃
사이클을 구입하시는 모든 분들께 최고급 약재로 만든 다이어트 환 10개 세트를 드린다는 말씀!
이 다이어트 환은 어떤 효과가 있죠? 색깔도 너무 고운데요!
네. 이 다이어트 환을 식사 대신 한 알씩 먹으면 체지방 분해를 매우 효과적으로 도와드립니다!
온몸의 독소를 빼주면서 다이어트까지 동시에!
최고급 생약재로 정성껏 제조해 우주의 생명을 간직한 명약!
Diet
낱개로 구매하시려면 10개 세트가 5만 원인데, 이 다이어트 환까지 무료로 드리는 파격적인 조건입니다!
빼고 싶은 지방을 마음껏 쏙쏙쏙 뺄 수 있는 마지막 찬스!
슝
슝
슝
오늘, 놓치지 마세요!
....어?
지방이 저렇게 빠진다고??

네! 확실히 빠집니다. 자전거도 타고 약도 먹고 살도 빠지고! 야 신난다!
네, 말씀드리는 바로 지금 이 순간! 슈퍼 다이어트 게이머, 주문이 폭주하고 있습니다.
전 상담원 통화중이니 편리한 자동주문 전화를 이용해 주세요!
자...잠깐 기다려봐...
나도 없애고 싶어 지방...
살까?!
쿠쿠쿠쿠쿠쿠쿠
아니?! 대장님. 이게 무슨 소리죠?
아. 넌 신입이라 잘 모르겠구나.
가끔 이렇게 흔들릴 때가 있어. 곧 잠잠해지고 아무 일도 없지.
쿠 쿠쿠 쿠 쿠 쿠쿠
아직 결정하지 못한 분들께 전해드리는 또 한 가지 파격소식!!
집중
이 방송에서만 가능한 파격조건!!

슈퍼 다이어트 폭풍감량 파트너, ABC슬라이더, 아령, 스포츠타월, 다이어트 환! 이 모든 걸 299,000원에 무료배송 해 드립니다!
아니?! 이렇게 드리고도 남는 게 있나요? 정말?
하하. 저희는 눈앞의 이익보다 시청자분들의 다이어트를 더욱 중요하게 생각합니다. 그러니 단 하루 파격가로 드리는 거 아니겠습니까?
안 그렇습니까?
좋아요.
조금 더 빨리 밟아보세요.
잘하고 있어요.
잘했어요.
힘내세요.
훌륭해요.
팍
팍
팍
당신은 소중해요.
아.. 힘들어 엉덩이 아파..
헥
헥
헥
헥
앉는 데가 너무 좁잖아.

이이이익!!
팍 팍
팍
팍
!!
우지직
푹
오늘은 이만하면 됐다… 갑자기 운동을 많이 하는 것도 안 좋다고 들었어.
치덕 치덕
그래! 오늘은 워밍업! 워밍업이야.
운동을 열심히 했더니 조금 피곤하네…

이건 열심히 운동한
나에게 주는 상이야.
아하하하
이번엔
비싼 운동기구
지른 만큼
백 배, 천 배로
열심히
하자!
이제 난
새로
태어나는
거야.
수지의 야심찬 다짐에도 불구하고
하루.
이틀.
사흘.
이 기구가 299,000원짜리
빨래걸이로 전락하는 데는
사흘이면 충분했다.
뭐..
빨래 걷기도
귀찮고…
본격적인
운동은
내일부터
하는
느낌으로
…
내일부터.
내일부터.
내일부터.
내일부터.
내일..
냉…
느…

살을 빼는 데 '내일'은 없다.
오로지 '오늘'만 계속 반복될 뿐…

이 당연한 사실을 수지는
아직도 모르고 있다.

어쨌거나
수지가
벼르던 내일은
그 후로도
한참동안
오지 않았고,

수지나라의
지방들은
매일매일
축제의 나날을
보내고 있었다.

1. 식이요법과 운동 병행으로 천천히 살을 빼자 (1)

'기초대사량'을 아시나요? 이는 다이어트의 원리를 파고 들어가면 반복해서 나오는 개념이므로 확실하게 알아둬야 합니다. 기초대사량은 지각 상태에서 인체의 생명 유지에 필요한 최소 에너지를 뜻합니다. 적정 체중 성인의 하루 기초대사량은 1,500~1,800kcal 정도입니다. 이와 별도로 일을 하고, 공부를 하는 등 움직이면서 생활로 소비되는 에너지는 하루에 500kcal 정도입니다. 이 둘을 합치면 성인 남성은 대략 2,200kcal, 여성은 2,000kcal 정도 됩니다. 이 이하로 섭취하면 살이 빠지고, 이상으로 섭취하면 살이 찝니다. 만약 본인의 기초대사량을 정확하게 알고 싶으면 가까운 보건소에 문의해보세요. 친절하게 상담을 해줍니다.

60kg 몸무게의 성인이 6km/h로 한 시간 빠르게 걸었을 때 소비되는 열량은 246kcal 정도입니다. 반면에 한 끼를 굶었을 때는 800kcal 정도가 빠집니다! 몸무게 1kg이 대략 7,000kcal이므로, 단순계산으로는 1kg을 빼려면 하루에 한 끼 굶었을 때 대략 9일, 운동으로는 28일이 걸리는 셈입니다. 그래서 어떤 다이어터는 빠르고 상대적으로 쉽게 살을 뺄 수 있는 굶기를 선택합니다.

그러나 굶어서 빠르게 감량하는 방법은 심각한 부작용을 가져옵니다. 요요현상뿐만 아니라 기억력 감퇴, 영구적인 운동능력 손상, 심리적으로는 심각한 스트레스, 거식증 등을 유발합니다. 그리고 반복적인 잘못된 다이어트는 평균수명을 심각하게 감소시킨다는 신뢰할 만한 통계도 있습니다.

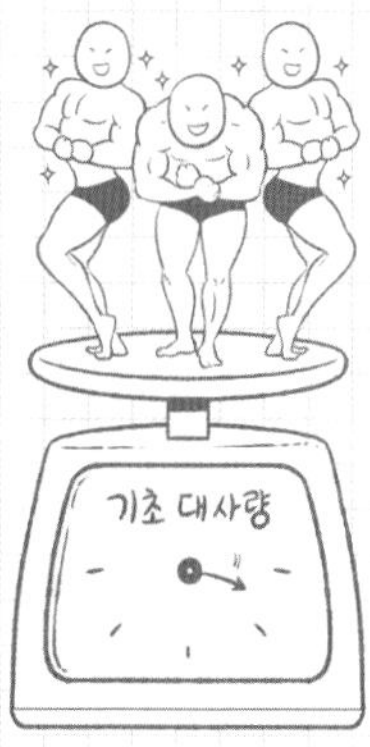

부쩍 더 상태가
안 좋아진 수지.
건강이 상했습니다.
관절이 부실합니다.
살을 빼셔야 합니다.
네…
그러기 위해선
식습관을
바꿔야 합니다.
오래 살고
싶으시면
정말로 식습관을
바꾸셔야 합니다.
오늘부터
간식은
전부 끊겠어!
전부! 딱 세끼.
밥만 먹자!!!
꼬르르륵
어제
사놓은 거니까
이것만 딱
먹고
그만 먹자.
드르륵
새빛은행
탁탁
탁
탁
수지씨.
부장님이
부르셔.
아.
네.

끼익
수지씨~ 이거 아직 안 먹어봤지?
맥다널즈에 트리플 베이컨 더블 빅치즈 스페셜 자이언트 버거라고 신제품이 나왔어.
어때, 먹음직스럽지? 일 하느라 힘들 텐데 잠시 쉬면서...
부시럭
부시럭
도리
도리
저어...부장님. 챙겨주시는 건 감사하지만... 오늘부턴 진짜로 다이어트 해야 해서...
죄송해요.
!!!
빙글
뭐...? 다이어트....?
네. 오늘부터 간식은 다 끄, 끊으려구요...!

...
ㅋㅋ
ㅋㅋ
아아..
ㅋㅋ
ㅋㅋ
부장은 수지가
살을 빼길 바라지
않았다.
수지마저 날씬해진다면
자기만 회사에서
혼자 뚱뚱해져버리기
때문이었다.
무엇보다 수지와의
공통된 관심사가
사라지는 게 두려웠다.
수지를 좋아하는 부장은
자신의 감정을 그저
맛있는 걸 퍼다주는
방법으로 밖에 표현할 줄
몰랐던 것이다...!!
수지씨... 후후...
너무 참는 것도
좋지 않아...
부시럭부시럭
햄버거,
콜라,
감자튀김의
완벽한
삼위일체!
이것만큼
완벽한
궁합이
세상에
또 있을까?

수지는 의지가 매우
약한 사람이었다.

절체절명… 사면초가…진퇴양난…!!

수지는 하루빨리 제 살길을 찾아야 했다.

하아…
나 정말 안해본 게 없구나.
돈 아까워…
!
아가씨! 이 전단지 받으세요.
필요할 것 같은데…
불쑥
에… 엣?
슬림 바디스타일
꿈을 현실로 만들어 드립니다
최신 수입기구 다량보유
전문 마사지 제공
철저한 사후관리
몸짱 연예인 왕미인 아시죠?
그 왕미인씨가 전속 모델인 신규 바디케어 샵이에요. 오픈 기념으로 30%세일!!
상담은 무료니까 시간있으면 한 번 들어가 보시겠어요?
슬림 바디스타일

안녕하세요!
슬림 바디 스타일에 방문해 주신 것을 환영합니다!!
고객님. 저희는 최신식 기계로 체지방을 분해시켜 드린답니다. 이태리에서 직수입한 최신형 정품 기계구요.
한 시간에 4000칼로리씩 빼 드린답니다. 믿을 수 없으시죠?
운동으로 이렇게 빼는 게 가능할까요? 그럼 몇날 며칠 쉬지 않고 운동을 해야 하는데? 불가능하겠죠?
와아…
자. 여기 다른 고객님들 사진을 보세요. 전부 이곳에서 빼신 분들이구요.
이곳에서 관리 받으시고 못 뺀 분은 없구요.
블라블라블라블라 블라블라블라블라 블라블라블라블라 블라블라블라블라 블라블라블라블라 블라블라블라블라
저… 비용은 얼마나…?
콩닥
콩닥
네에~ 견적 내드리겠습니다.
슬림 바디스타일
도,돈이 이렇게 많이 드나요?
네에~고객님. 저희가 다른 곳보다는 조금 비싸긴 해요.
-견적서-
하지만 외국에서 들여온 최신식 기계와 약품으로 엄격히 관리하는 만큼 결과는 보장해 드리구요.

그 돈을 내고 새로운 인생을 시작할 수 있다면 전신 성형수술보다는 훨씬 싼 금액이잖아요?
그렇죠?
감사합니다. 그리고 시작 전 서약서를 쓰셔야 해요.
우웅
우웅
우웅
저희가 시킨 대로 안 하다가 효과 없다고 가끔 찾아오는 개념 없는...아니, 조금 성격 급하신 고객님들이 있거든요.
첫째는, 관리 받으신 날엔 절대로 물 드시면 안 되구요.
엥?
ㅋㅋㅋㅋㅋ
??
둘째는, 일주일 중 3일 정도는 물만 드시고- 아, 굶어서 빠지는 거 아니냐구요?
노노.
ㅋㅋㅋㅋㅋㅋㅋㅋ
몸의 독소를 빼서 체질을 아예 바꿔버리는 거랍니다~

요새...
좀 이상하지
않아?
으으.. 난
어쩐지 어지럽고
속이 안 좋은데.
이제 슬슬
이 나라를
떠나야 할까봐...
경솔한 짓 말고
조금만 더 버텨
보자구!
웅성
대장이 뭔가
할 말이 있는 거
같은데.
...
웅성
웅성
에..여러분.
요즘 우리나라가 조금
이상하다는 거...
알고 계시죠?
그래서...
이번 달 월급은
평소의 반밖에
드리지 못하게
되었습니다.
뭐! 이 자식 웃기지마!
우린 뭐 먹고
살라는 거냐!
이 뚱땡이를
움직이게 하느라
우리들이 얼마나
힘든지 알아?!
크윽...
괴롭지만...
어쩔 수
없습니다.
어찌된 일인지
갑자기 처먹질
않아요.
언제 다시
먹을지도
모르겠고...
이럴 수가..

대신! 여러분들은 집에서 푹 쉬세요, 일은 전부 근육들이 하고 있으니까요.
아! 어쩐지 요즘 근육들이 안 보인다 싶더니 그거 때문이었구나.
으으... 너무 굶었나. 기운이 없어.
지금부턴 한 끼를 먹을 수 있지. 시킨 대로 아주 조금만 먹자.
우물우물
꿀꺽
툭
10000
오오옷!! 돈이 들어왔다!!
대장! 빨리 써버립시다!
이 돈은 일단 제가 맡아 두도록 하겠습니다!!
이제부턴 한 푼이라도 아껴야 해요!!
휙
지금은 모두가 힘든 시기 입니다.
일단은 이걸로 버텨 주세요.
짤랑 짤랑
크윽...

수지의 바디샵 관리기간이 끝났다.

응? 살 뺐다고? 쪼금 수척해진 것 같긴 한데…
수지씨 요즘 무슨 일 있어? 다크서클이 심한데.. 피부는 푸석푸석하고…
이상한데??
분명 살이 빠졌어!
살이 분명 빠졌다고!
살이 빠졌다고! 분명!!
왜 아무도 몰라주는 거지?
조금이라도 예뻐졌을 텐데??
빌어먹을 세상!
쾅
난 외모지상주의에 저항하는 외로운 혁명가란 말씀이다!
우어어
방방
끼기긱…
의자 값은 이따가…
예… 손님. 안주는 뭘로?

안주...
저...
안주는...
필요없...
ㅅ...니...
모듬튀김
주세요!
쏠랑
네네.
모듬튀김요~
부장님?!
여긴
모듬튀김이
맛있더라구
수지씨.
하하핫!
저는 됐어요!
홱
나는 수지씨가
다이어트 때문에
이렇게 날카로워
지는 게 싫어.
튀김집
우리 조금 더
솔직해 지는 게
어떨까?
우리가 회사에 다니는
이유는 뭐다?
다 먹고 살자고
하는 짓이잖아.
그리고.
...
생맥주를
고작 땅콩
나부랭이나
씹으면서
제대로
즐기겠어?
그건
맥주에 대한
모독이라고,
수지씨.

자.
스르륵
수지씨.
요즘 회사 근처
바디샵
다니는 거
같던데…
수지씨는
얼굴이
예쁘니까
괜찮잖아?
그치?
내가
쏘는 거야.
그냥 먹어.
괜찮아.
안 돼요…
저는…
그냥…
땅콩이랑…
그런 바디샵에 돈을
몇백씩 쏟아붓는 것보다
이렇게 현실에 충실하면서
하루 하루 맛있는 걸 먹는 게
진짜 바람직한 인생
아닐까?

시원한 생맥주엔
따뜻하고 노릇노릇
바삭한 튀김이
제격이지.
고작 땅콩 따위로
술맛을 망치지
말았으면 좋겠어.
정 다이어트를
하고 싶다면
내일부터 하면
되잖아?
안 그래. 수지씨?
...
...
...

먹고 말았어…!!
또 먹고
말았어!!!
정신을 차려보니
빈 접시였어!!
멈출 수가
없었어!!
항상 전부
먹어버리고
나서 드는
이 불쾌감과
포만감.
뼛속 가득한
후회…!!
이런 기분
이젠
넌덜머리가 나!!
안 먹고 버티는 것도 결국
한도가 있는 법.
참고 참다 터진 식욕은
도저히 수지의 힘으로
견뎌낼 도리가 없었다.

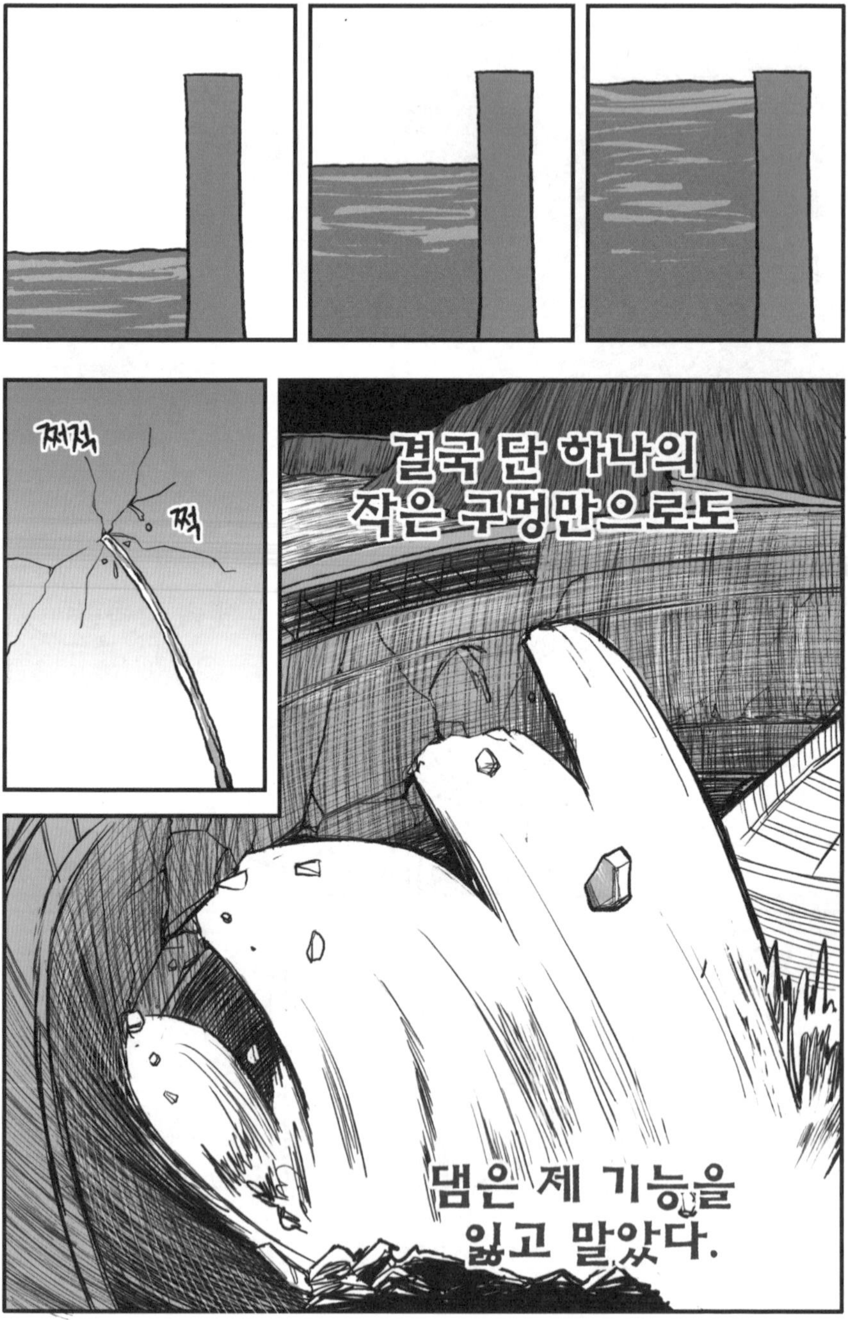
쩌저적
쩍
결국 단 하나의
작은 구멍만으로도
댐은 제 기능을
잃고 말았다.

쫀득쫀득 순대
음~ 순대 2인분,
떡볶이 1인분,
그리고 튀김 1인분
주세요.
닭꼬치 3개두요.
데리야끼 맛으로...
오뎅도 포장되죠?
아. 제가 다
먹을 건 아니고
친구들이랑
먹을 거예요.
네.네.
아하하
행복해
맛있다
하하하..
냠냠...
아. 너무
짜게 먹었나...
디저트를
먹어야겠다.

Häagen-Dazs
Häagen-Dazs
아몬드 슬라이스
초코 시럽

푸욱
美味!!
쏴아아아아아아아

이것 봐라!
조금만 더 기다리면
엄청나게 처먹을 거라고
했지?
콰콰콰콰콰
역시 대장님의
선견지명은
대단하십니다.
헤헤.
아. 그리고
지방들이 속속
모여들고 있는데
말입니다.
뀨엮
어이쿠!
발 디딜 틈이 없네❤
이거 더 이상
오지 말라고 하기도
그렇고...
잉여들이 갈 곳이
여기 말고 어디
또 있겠습니까. 헤헤.
뀨엮
뀨엮
뀨엮
하긴 지방만큼
편한 인생이 없지.
약은 놈들.
어디
보자...
저기 저 집. 근육들이
일하러 나갔으니까
들어가면 되겠군!
집다터지게
생겼다
이놈들아!!
GOGO!!
우르르
달다~
기분
최고야!
아이스
크림은
위대해~

그래... 내일부턴 진짜로
조금씩이라도 운동하자...
어쩐지 요즘 더
살찐 것 같은
기분이 드는데...
설마?! 그 고생을 했는데
요요가 다시 온 건 아니겠지?
맞다! 다이어트 환!
두다다닥
이걸 먹으면 확실히
체지방이 분해된다 했겠다?
쿠리
쿠리
어차피 분해될 거면
운동할 때 먹는 게
효과가 좋겠지.
영차

어?
어?
언제부터 일어섰을 때
내 발이 안 보였지?
그래도 사람이 항상 먹는
기본 양이란 게 있는데
며칠새 갑자기 더 살이
쪘다거나 한 건 아니겠지?
아... 아닐 거야.
기분 탓일 거야.
기분 탓...
수지는 갑자기
조급하고
불안해지기
시작했다.

참고로 수지가
몇달 전 마지막으로
잿던 체중은 82kg.
…
90.0
수지의 500만 원은
그렇게 덧없이
사라졌다.
이게 무슨
소리야!
내가
90kg
이라니!

쿵
내가 90kg
이라니!
한창 젊은
나이에 90kg이
되어버렸어!!
분명 며칠 전까지도
운동할 마음이
있었단 말이야!!
끄오오옥
벌떡
쿵
쿵
쿵
쿵
으아아아
피자 챔피온
우르르르사

우어어어
쿠ㅍ로로롤
R 16,000
L 24,000
pizzapalza
굿굿치킨
스파이스 치킨
한마리 8,000원
BIIO
피자
콩치킨
아아
아아
악
쫙
쫙
쫙
쫙

우아아아아앙
좋아요.
잘 하고 있어요.
조금 더 빨리 돌려 보세요.
당신은 소중해요.
닥쳐 오리새끼야!
쿵광 쿵광 쿵코앙
?
?
앞 집에 부부싸움 난 거 아냐?
이상하네요. 아가씨 혼자 사는 집인데…
그래? 어디…
촤악

쿵
쿵
쿵
탈춤 연습을 하고 있어…
그렇군요. 시끄러워도 좀 참아 봅시다.
90!
90!
아아아아아아
쿵
쿵
쿵
쿵
쿵
와아앙!!
흑흑흑
쿠웅
뿌직
이제 의자가 뽀사지는 기분도 넌덜머리가 나.

투둑
툭
후읍
하아…
좋-아!
내일부터
정신 차리고
다시
시작하자!
당은 일시적으로
기분을 좋게 한다.
내일부터!
진짜! 난!
새로 태어나는 거야!
쿵
쿵
쿵
배가 부른
상태의 수지는
그 어떤
가혹한 결심도
할 수 있었다.
그리고
이번만큼은
놀랍게도,
그 결심을
실행에
옮기기
시작한다!

1. 식이요법과 운동 병행으로 천천히 살을 빼자 (2)

운동을 통한 다이어트는 근육을 늘리고 지방을 더 효과적으로 연소시킵니다. 또한 운동 자체 열량 소모만이 전부가 아닙니다. 운동 후 대사효과(metabolic effects after exercise)로 불리는 작용이 있어서, 운동 후 회복기의 몇 시간 동안 에너지 소비량이 증가한다고 하네요. 이에 대한 자세한 내용은 3권에서 다룰 예정입니다.

그렇다면 근육량은 왜 중요할까요? 근육은 같은 무게의 지방과 비교해서 부피는 70% 가량입니다. 그래서 같은 몸무게라도 근육량이 많은 사람이 날씬해 보입니다. 또 근육은 지방세포보다 유지하는 데 더 많은 에너지가 필요합니다. 따라서 근육량이 늘어나면 기초대사량도 크게 늘어납니다. 기초대사량이 늘어나면 같은 양을 먹어도 더 쉽게 살이 빠집니다.

다만 살 빠지는 효율은 식이 조절이 훨씬 좋기 때문에 둘을 병행해야 합니다. 따라서 열량을 줄여서 기초대사량만큼 섭취함이 좋습니다. 하루에 300kcal만큼 운동으로 소비한다면, 활동 에너지 500kcal을 합쳐 하루 800kcal가량을 소비할 수 있습니다. 산술적으로 열흘에 1kg을 뺄 수 있으며, 이 정도가 일반적으로 권장되는 감량 폭입니다. 그러나 꾸준한 운동과 식이조절을 하면 실제로는 이보다 더 큰 감량 폭을 실감할 수 있습니다.

그러나 여기에서도 함정이 있습니다. 만약 기초대사량 이하로 식사량을 줄이면 어떻게 될까요? 신체의 최대 목표는 근육량을 늘리는 것이 아니라 생존입니다. 이를 비상사태로 여긴 우리 몸은 지방을 비축하고, 근육을 우선 소모합니다. 운동을 병행하기 때문에 체중은 빠지지만 결국 약골이 되고, 요요현상이 일어나고 맙니다. 그 때문에 기초대사량을 약간 웃도는 (+50~100kcal) 식사량을 유지하기를 권합니다.

수지가 새로
태어나기로
마음먹기 며칠 전
이야기 입니다.
따르릉
따르릉
네네!
착
순살 파닭
한 마리랑
콜라 큰 것
말씀이시죠?
CHICKEN
맨날 시켜먹는
그 여자, 또 주문
들어왔어.
vip니까 친절하게
잘~ 알았지?
아, 1001호
맞죠?
다녀올게요.
부아아아아
부와아
아앙
뚱뚱보치킨
뚱뚱보치킨
덜컹
CHIC
뚱뚱보치킨
덜컹
...
...
...
드디어 먹히러
가는구나! 와하하!
복부로 가자!
복부!복부!
와글와글
팔뚝으로 가자!
팔뚝!팔뚝!
머리로 가자!
머리!머리!
와글
와글
응?
너는 왜
머리로
가니?

난 탄수화물이야. 두뇌활동을 돕는다구!
똑똑한 녀석 이구나.
너도 머리로 갈 거니?
아니.
난 말야, 훌륭한 근육이 될 거야!! 완전 소원이었어!.
응.. 그래그래. 열심히 해봐.
하루빨리 근육님이 되고 싶다.
히히
zzz
나는 단백질이었다.
아하하하
앗!
친구들이 다 어디갔지?
두근
두근
두근
우리...벌써 먹힌 건가?
WELCOME TO 수지월드
끼얏호!
새로운 나라에 왔구나. 왔어!
폴짝
폴짝
좋~아! 일단 내가 일할 곳을 찾아보자!

우글
우글
우글
우글
우글
우글
저어…
전 단백질
이라고
하는데요.
여기 일할 곳을
찾으려면 어디로
가야 하죠?
와구
와구 와구 와구
쩝쩝..
쩝쩝..
…
왜!
뭐!
아..
아무것도
아닙니다!!

어딘가 이상했다.
똑 똑
저…
일할 곳을
찾고 있습니다.
그리고
근육님들은
대체 어디에
계신거죠?
끼익
뉘슈…?
미안한데
이곳엔 자네가
일할 곳이
없어.
그리고 내가
근육이네만…
아뇨.
근육 말이에요.
근!육!
힘센 근육!
내가
근육
이라니까
?!!
그럼 난
이만…
말도 안 돼! 나의 근육님들이 이런 모습일 리 없어!
내가 가고 싶었던 나라는 이런 곳이 아니야…!!

간신히 찾은 일자리엔 이미 다른 녀석들이 일하고 있었다.
여긴 꽉 찼어. 다른 곳을 알아보게나.
미안하네.
...
아무리 돌아다녀봤자 헛수고였다.
내가 일할 곳은 한 군데도 없었다.
그렇다. 내가 바로 잉여였던 것이다.
으아앙-!
나는 잉여영양이야
잉여 영양!
발음도 어려운 잉여 영양
으허헝
이제 틀렸어.. 모든 게 끝이야…!!
내가 보통 사람 몸에만 들어갔어도 이런 비참한 꼴은 되지 않았을 텐데!
난 평생 근육이 되지 못할 거야!!
어쩌다가 이런 나라로 오게 된 거지?
이 나라 주인은 뭐하는 놈이야!
왜 써먹지도 않을 날 먹었냐구!
이무렵 난 수지나라를 몹시도 증오했다.
이봐.
?
자네… 단백질이지?
지금 일할 곳을 찾고 있는 거지?

어차피 이나라에서 자네가 일할 곳은 없어.
차라리 우리처럼 지방이 되는 게 어떤가.
그럼 평생 이 나라에 머물러 살 수 있다네.
지방...!
아앗? 자네는 탄수화물 아닌가? 머리로 간다더니 왜 이런 곳에..?
나 말고도 탄수화물이 너무나 많더군.
자네도 근육이 되고 싶다고 하지 않았나?
...
지방이 되면...
!
지방이 되면 무엇을 할 수 있습니까?
와하하하! 원하는 건 뭐든지 다!
외부의 충격으로부터 몸을 보호하고 당뇨병이나 각종 암을 예방하기도 한다네!
사실 우리가 나쁜 짓만 하고 다니는 건 아니야.
대장의 말이 틀린 건 아니지만 수지나라의 경우 지방만 너무 많은 게 문제였다.

하지만 그런 걸 따질
처지가 아니었다.
자-자, 빨리
결정하는 게 좋을 거야.
곧 똥쌀 때가 돼 가니까.
우리 어디로
가나?
바다로
간다는군.
부릉
부릉
…
직장행버스
하지만 모두가
될 수 있는 건
아니야.
선택받은 소수의
단백질들만
그 꿈을 이룰 수
있는 거란다.
아버지…
근육이 되고 싶다고?
하하하…
그래그래.
단백질이라면
누구나 근육이
되고 싶어하지.
그래…
이제야
알겠어.
고작 나 따위가
근육님이
된다는 게
허황된
꿈이었던 거야…

그렇게 난
지방이 되었다.
그 중에서도
악질 중의 악질.
셀룰라이트가
내 이름이다.
와…수지나라는
지방들이 살긴
정말 천국이군요.
하지만…
우리들만 이렇게
늘어나도
괜찮을까요?
이 나라는 대체
어떻게 돌아가는
겁니까?
근육이
이렇게까지
안 보인다는 건…
그런 거
몰라.
나라가 어찌되든
무슨 상관이야.
우린 우리 일에만
집중하자구.
하지만 나라가
망하면 우리도…
사삭
폴짝
이 자식들!
죽어라!
뒈져라!
쾅
히익!!

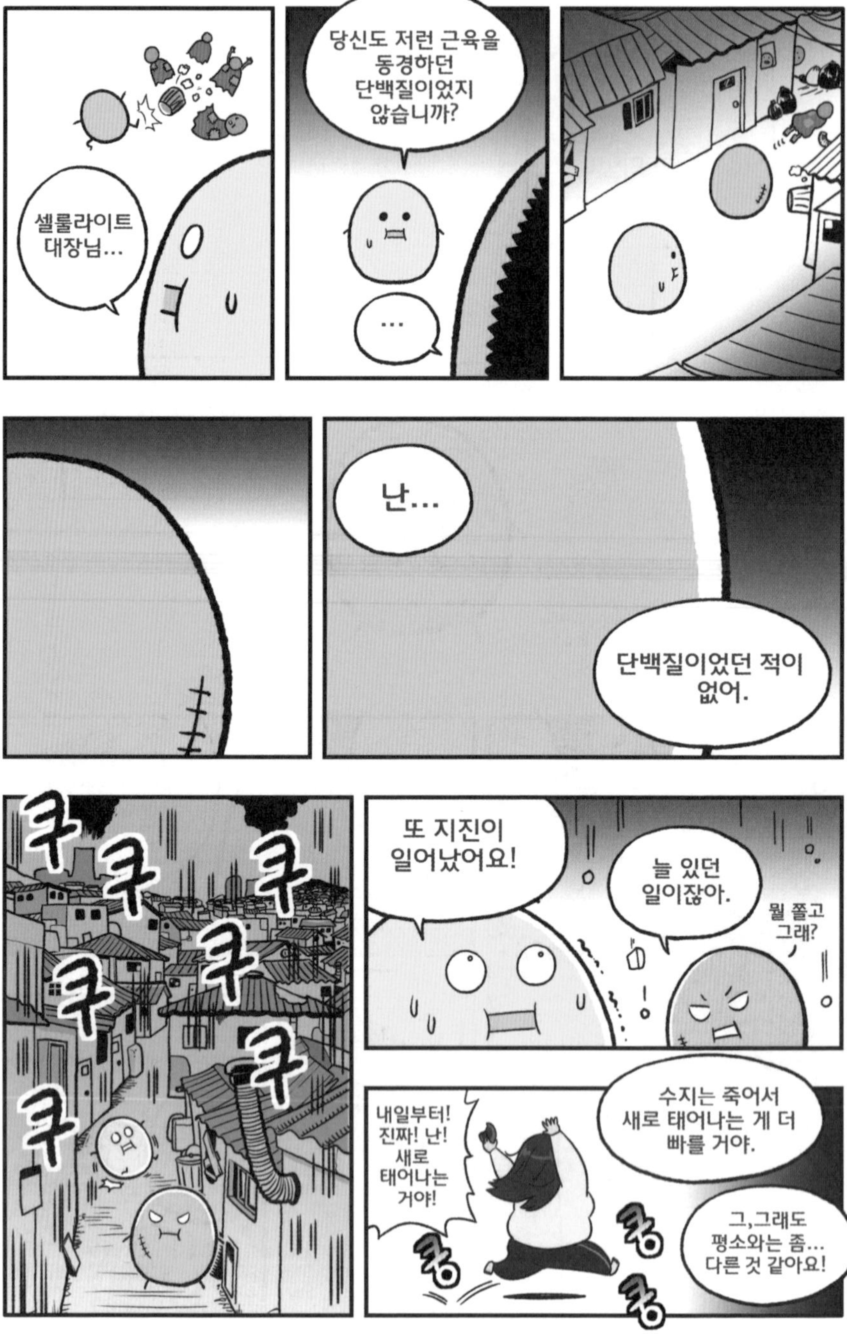
셀룰라이트
대장님…
당신도 저런 근육을
동경하던
단백질이었지
않습니까?
…
난…
단백질이었던 적이
없어.
쿠
쿠
쿠
쿠
쿠
쿠
쿠
또 지진이
일어났어요!
늘 있던
일이잖아.
뭘 쫄고
그래?
수지는 죽어서
새로 태어나는 게 더
빠를 거야.
내일부터!
진짜! 난!
새로
태어나는
거야!
그,그래도
평소와는 좀…
다른 것 같아요!
쿵
쿵
쿵

흥! 난 배부른 인간의 약속 따위 믿지 않아.
그러나 이번만큼은 달랐다.
쌩돈 500만 원을 날린 수지의 분노는 그만큼 살을 빼지 않고서는 도저히 가라앉지 않을 것 같았다.
타닥 탁 탁
두 눈에는 핏발이 서고 호흡이 가빠져왔다.
음… 그러니까 어쨌든 지방을 적게 먹으면 살이 빠지겠지?
적게 먹는 게 아니라 아예 안 먹어야겠다.
그리고 무조건 칼로리 낮은 걸 먹고…그래그래.. 좋아. 할 수 있어. 힘내자. 파이팅!
CLICK CLICK
후우… 후우…
이제 이런 것도 필요없어.
우르르
나도 할 수 있다는 걸 보여줄 거야.
내일부터 아침 도시락은 과일과 샐러드다!
점심 저녁은 무조건 칼로리 낮은 걸로 먹는 거야!
쏴아아
수지는 그날로 당장 장을 봐와서 도시락을 싸기 시작했다.

아침은 회사에 일찍 도착해서 먹어야지~!
이번엔 진짜 할 수 있을 것 같아.
푸드득
뭔가 먹기 전에 꼭 생각하고 먹자!
새빛은행
아!
식전 초콜렛 한입은 식욕 억제에 도움을 준댔어!
오늘은 비록 초코바 밖에 없지만...
내일부턴 꼭 초콜렛을 가져오자♡
드르륵
...음... 나머지는 어떡하지?
아깝다.. 이대로 놔두면 딱딱해지는데....
어차피 아침은 샐러드와 과일이니까 초코바 한 개쯤은 다 먹어도 괜찮을 거야!
식욕이 많이 억제될 수도 있잖아?'

짜 잔~
샐러드엔 역시 허니 머스타드~.
쫘아악
윽…
소스가 너무 많은가?
…
샐러드는 살 안 찌니까♡
좋~~아!
오늘은 잘 해낼 수 있을 것 같다!
수지씨, 요즘 괜찮아? 옷이 더 꽉 끼어보이는데… 몸도 안 좋아 보이고…
아하하… 괜찮아. 그리고 난 오늘부터 완전한 다이어터로 새로 태어났다구!
…
오~. 아침 도시락도 싸온 거야? 열심히네! 파이팅!!
아직도 체념하지 않았단 말이야?
으음…

새빛은행
지금은 오전 10시 ....
수지씨가 가장 배고파지는 시간.....
정말 아무거나 먹여도 아무런 죄책감이 들지 않을 것 같아.
하지만 이번엔 뭔가 단단히 결심을 한 모양이니 웬만한 건 먹으라고 권해도 넘어오지 않겠지.
하지만 부장의 생각과는 달리 수지도 내면의 깊은 공허함에 괴로워 하고 있었다.
꼬르륵
꼬록
꾸락
꾸르르르르르…
야 이년아! 왜 평소만큼 먹지를 않는 거야!!
수지 수퍼
쾅
쾅
쾅
떼굴떼굴
먹어라! 먹어라!
머어어어어!!! 거어어어어!!!
아아아아
내가 미쳤지!
미친년이야!
어제 그 멀쩡한 도넛을 왜 버렸지?
그때 잠깐 돌았었나?
아오 미친…
아까워 내 도넛..!!

아냐아냐…
아침 먹은지
얼마나 됐다고…
흔들리지 말자!
난 다시
태어난 여자!
난 배가
고프지 않아!
고프지 않다고
…!
짝짝
짝
짝
참 혼자 보기
아까운 장면이었다.
어쨌든 가까스로
마음을 다잡는 데
성공하고 일에
집중하려는데…
탁탁
탁
탁
수지씨.
부장님 호출.
또?
흥! 이제 어떤 말로
유혹해도 절대
넘어가지 않을 테다!
또
무슨 일 땜에
부르신 거죠?
끼익
오--
수지씨!
얼마 전
튀김 사건은
사과할게.
그때 수지씨가 너무
날카로워지고 안색이
안 좋아서 잘 먹이고
싶었을 뿐이야…
직장상사로서의 내 맘,
이해하지?
방긋
방긋
흥! 이제 전 다이어트의
길을 걸을 거예요!
혹시 먹을 게 있다면
부장님 혼자 드세요!!

아아! 그래!
이 말을
하고 싶었어!
어쩐지 속이
시원한데?
한 번 더
말하자!!
혼!
자!
드시라구욧!!!!
그래...?
이거 참....
안타깝군.
부시럭
부시럭
나도 이제부터 수지씨의
몸관리에 조금 도움이
될까 해서 말이야.
다이어트에 효과가 좋다는
곡물빵 샌드위치를 사왔거든.
새...
샌드위치요?
그래,
베이컨과
살코기가
들어있는
곡물빵
샌드위치.
아... 안 돼,
항상 이러다가
먹어버리고
말았지....
거절하자!
거절해야 해!!
저는...!
아. 수지씨
내 말 먼저
들어봐.

난 수지씨의 다이어트를 방해하려는 게 아니야. 돕고 싶은 거야.
살코기는 몸을 움직이는 데 도움이 된다구. 알고 있지?
....
살코기는 살 안 쪄. 비계가 붙어있는 거라면 모를까.
맞는 말 아닌가?!
수지씨 몸 생각해서 기름에 튀긴 건 하나도 안 넣었다구. 먹어도 괜찮아. 살 안 쪄.
감자튀김도 안 사온 내 마음 모르겠어?
....
곡물빵도 그래. 호밀빵은 살 안 찌는 거 알지?
그러네?!
곁들여 먹을 음료는 제로칼로리 콜라를 사왔지.
zero
으윽...
예상치 않게 간식을 먹어버렸어..!!
살이 안 찌는 것들이니까 괜찮겠지?

수지씨, 점심때 다들 요 근처에 생긴 일본라면집 갈려고 하는데 같이 갈 거지?
네? 일본라면요?
벌떡
아, 다이어트 한다고 했는데 괜찮나..?
일본라면은 괜찮아. 생면이니까♡
후루룩
후루룩
여러분, 오늘 부장님이 회식하자는데요! 보쌈집으로 고고~.
와아아~~
우르르
헉..?
회식?
왜! 왜 하필 오늘...!!
오늘처럼 단단히 결심한 날에 왜 회식!...
아, 잠깐.
보쌈?
보쌈은 괜찮아. 살코기와 야채니까 OK♡
쩌억
포만감이 들도록 야채를 듬뿍듬뿍 싸서 먹자.
어이쿠.. 고기가 너무 적나?
살코기니까 조금만 더...
오늘은 어쩐지 나름 식단을 잘 지킨 것 같은데 왜 이렇게 양심에 찔릴까 ...??
이상하게 배도 안 고프고 ..??

내일부터 진짜로
더 타이트하게
하자....
BAGUETTE
FamilyMa
아참.
초콜렛
있어요?
딸랑
여기요.
CHOC
다음날 아침.
샐러드.
과일.
초콜렛.
그래 이틀째
출발이 좋아!
힘내자!
할 수 있다!
파이팅!
부장 간식.
유기농 크림빵.
그래
괜찮을 거야.
유기농이니까.
유기농...?
아아...
다이어트를
열심히 해서
그런가?
음료가 너무
마시고 싶어...
점심-생선까스.
생선은
살 안 쪄.
저녁-불닭.
매운 건
살 안 쪄.
단지 짠 걸 많이
먹어서 목이
마를 뿐이었다.

참자!
그래도 뭐
마실 거
없나?
벌컥
웩
웩
웩
요구르트는
살 안 찔 거야…
다음날 아침.
샐러드.
과일.
초콜렛.
그래!! 삼 일째
출발이 좋아!!
오늘도 힘내자!
어쩐지 초콜렛과
소스 값이 더 들고
있었다.
부장간식-초밥
생선과 한식은
살이 안 찌겠지..?
점심-회덮밥
회는
살 안 찔
거야!
저녁-삼계탕
삶은 닭고기는
살 안 쪄..!
쩝쩝
하아…
저녁에 삼계탕
국물을 남겼더니
배가 고프네.
밤에 뭐
먹을 거 없나?
야채는
먹기 싫은데…

Q) 가혹한 다이어트 중인데요,
저녁에 너무 배가 고파서 잠이 안 와요.
좋은 방법이 없을까요?
타닥
탁
탁
A) 정 배고프면 저녁엔 스프를 드세요.
따뜻하고 포만감 느끼고 잠도 잘 와요.
살도 별로 안 찜^^
그렇구나.
몰랐넹!
아, 젓느라 팔 아파.
이거 운동 되는데?
휘적
휘적
스프
이제 스프
자주 먹어야지.
스프는 살 안 쪄♡
아~ 진짜
포만감 굿ㅋㅋ
잠온당~.

그렇게 일주일이 지났다.

끄아아아악!!??
92.1
아니, 다이어트를
했는데 왜 더 찐 거야?
남들은 대체
어떻게 뺀 거지?
평소 먹던 것보다
더 살이 쪘잖아?
우야아양
왜지?
왜야?
아놔! 역시
다이어트는
소용이 없어!
수지에게 티끌처럼 남아있던
다이어트 의지는 92를
본 순간 와르르 무너져버렸다.

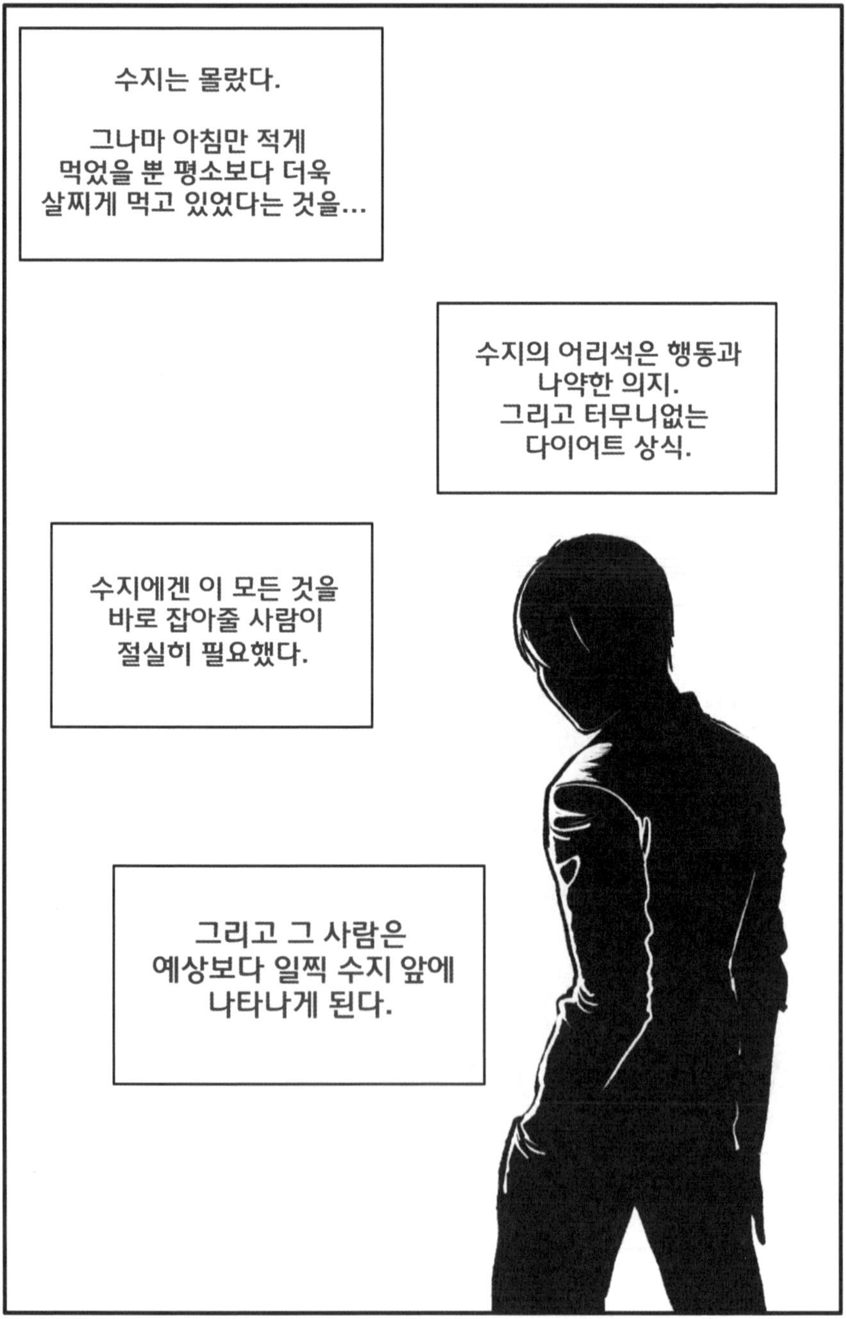
수지는 몰랐다.
그나마 아침만 적게 먹었을 뿐 평소보다 더욱 살찌게 먹고 있었다는 것을…
수지의 어리석은 행동과 나약한 의지. 그리고 터무니없는 다이어트 상식.
수지에겐 이 모든 것을 바로 잡아줄 사람이 절실히 필요했다.
그리고 그 사람은 예상보다 일찍 수지 앞에 나타나게 된다.

2. 스트레스와 다이어트

스트레스란 비상사태에 대비하는 신체 반응입니다. 스트레스를 받으면 아드레날린이 분비되어 신진대사가 활발해지며, 그만큼 에너지를 더 소비합니다. 하지만 스트레스를 받는 상황 자체가 비상사태라 신체는 "다음 웨이브가 온다! 일단 에너지 비축!"이라면서 그렐린이라는 호르몬을 분비시켜 공복감을 유발합니다.

마찬가지로 배가 고플 때 지나치게 참거나, 잠을 못 자거나, 피로가 누적되면 신체는 일단 에너지를 축적하고 봅니다. "어찌 될지 모르니 일단 모아놓으면 안전하겠지?"라는 식입니다. 또한 스트레스와 피로가 쌓이면 근육 성장도 잘 안 됩니다. 그러므로 배고플 때는 조금이라도 드십시오. 최소한 하루 세 끼는 챙겨 먹고, 충분히 수면을 취하고요. 배고픔을 이기려고 하지 마세요. 식욕은 생존을 위한 본능인 만큼 의지로 해결하기에는 한계가 있습니다.

3. 셀룰라이트란?

셀룰라이트는 지방이 몸 전체에 퍼지지 않고 허리, 엉덩이, 허벅지 등 특정 부위에 뭉쳐 울퉁불퉁하게 보이는 조직을 뜻합니다. 이를 없애는 미용법, 화장품이 많이 있지만 의학적으로 효능이 있다 밝혀진 방법은 없다고 합니다. 왜냐하면 셀룰라이트 조직은 일반적인 피하조직의 구성과 생화학적 특성이 완전히 같기 때문입니다. 만약 미용법과 화장품이 효과가 있다면 몸의 다른 지방도 같은 원리로 쉽게 뺄 수 있겠죠.

단백질이 셀룰라이트로 변하는 만화 내용이 있습니다. 단백질 과다섭취 시 남은 단백질이 지방으로 전화되어 셀룰라이트가 되는 데 일조를 할 수 있지만 흔한 현상은 아닙니다. 만화적 재미를 위해 조금 과장되었다고 생각해주세요. 즉 셀룰라이트를 빼는 확실한 방법은 식이조절과 운동을 통한 다이어트밖에 없습니다. 수술하는 방법도 있습니다만, 이는 추천하지 않습니다. 〈다이어터〉는 미용보다는 건강을 최우선으로 합니다.

결국 수지는
다이어트를
포기했다.
다이어트엔 절대 빠져서는 안 될 게 하나 있어…
그건 바로…
굳센 의지…
그것부터가 나한테 무리야…
살 빼고 싶다고?
밤 늦게 먹지 말고 운동을 열심히 하면 돼.
나한테는 이 말이…
서울대 가고 싶다고?
남보다 공부를 열심히 하면 돼.
처럼 들려.
25년 동안 못했는데 내일이라고 할 수 있을 리가 없어.
도저히 내가 해낼 수 있을 거란 생각이 안 들어.
하지만…

이제
더 이상
어리광을
부릴 때가
아니야.
눈 딱 감고
모든 걸
참아야만
한다…
통뼈감자탕
춘천 닭갈비
칼국수
콩나물국밥
진주 냉면
짬뽕 짜장
일식 초밥
설렁탕
숯불 갈비
빵
이 많은
유혹들을
뿌리치고
그냥
지나갈 수
있다면…
그럴 수만
있다면
…!!!
집에 있는
전단지들을
모두
쓰레기통에
처박을 수만
있다면…
과자나 빵을
보고도
흔들리지
않을 수
있다면…!!

다이어트가
불가능한 것도 아니다…
참고
지나가면
되는 것이다.
참고
지나간다면
!!!!!!!
오전엔 부장님의
간식 유혹을
뿌리치고…
저녁엔
먹거리가
즐비한
길거리의
유혹을
뿌리치고
…!
슈아아
왕 만두
왕 찐빵
그러나 평생
잘못된
식습관과
충동구매로
25년을 살아온
수지에게
그런 의지는
남아있지
않았다.
하나에
천 원이요?
와 싸다.

애초부터
나에게
무리야…
곱창 곱창 곱창 곱창 곱창 곱창 곱창 곱창 곱창 곱창 곱창 곱
맑고 깨끗한 소주
맑고 깨끗한 소주
나는…
나는 그냥.
이대로 사는 게
나을지도…그래…
뭐 크게
낙담할 일도
아니야.
운동기구는 가끔
심심할 때 하면
되는 거고…
바디샵에
쓴 돈은…
그냥…
그냥…
어딘가에
기부했다고
생각하고…
…
기부?
기부했다고…?
어디에…?
역시…
운동 밖에
방법이
없는 걸까…
하지만
어떻게…?
헬스는 정말
지루하고…
지겹고…
나한테는
맞지
않았는데.

하암, 지겨워…
시간 완전 안 가…
휘적
휘적
수지는 몰랐다.
수지처럼 체중이 많이 나가는 사람은 운동을 어떻게 시작해야 할지를 전혀 몰랐다.
줄넘기를 뛰거나 다른 운동을 해도 금방 관절에 무리가 갈 정도로 수지는 고도비만이었던 것이다.
그런 수지에게 운동은 지루하고 힘든 것일 수밖에 없었다.
수지는 체력 또한 보통사람보다 상당히 좋지 않았다. 지하철에서 계단만 올라가도 헐떡이고 심장이 마구 두근대고 죽을 지경이었다.
그 원인은 모두 비만.
…
…
…
…

역시...
운동은 못하겠다..
무리야...
큰 헬스장
큰 헬스장
부들
부들 부들
끄으아아
차!
흐압!
흐으압!
좋습니다~!
자!!
모두들
열심히
하세요!
조금 있으면
헬스장
문 닫으니
최대한
집중해서
열심히
하시라구요!
짝
짝
어엇, 거기!
자세가 안 좋네요!
...
좀 더 천천히
하셔야죠!
팔꿈치도
딱 고정시키세요!
왜 그런 눈으로
보시는 거죠? 네?

딱
아, 네온비 관장님!
또 왜 때려요!
야 이자식,
너 트레이너인 척
하지 말랬잖아!
아 왜요!
저도 할 수
있다니까요?
선생님,
내일
뵙겠습니다.
안녕히
계세요.
아,네
수고하셨습니다.
툭

청소 끝내고
알아서 마무리해.
끄으으
아
이건
이달 치야.
10000
아오! 진짜!
누굴
거지로
아나!!
이건 현대판
노예다!
고래
고래
착취!!
악덕업자!!
야, 서찬희!
안 닥쳐?
홱
헤헤,
목소리가
너무 컸나요?
죄송합니다.
헤헤헷…
너 이자식,
몇 년 전부터
갈 곳이 없다고 하도
징징대길래 여기서
처먹고 자고 씻고
가끔 우리집에
쳐들어 왔을 때도
재워주고 먹여주고
입혀주고 공짜로
여기 시설 다
이용하게 해주고.
한 달에 한 번씩
용돈도 주는데
지금 아침저녁
그까짓 청소 한 번
못하겠다는 거야?
이 싸가지
없는 새끼.
역시 넌 안 되겠어.
당장 꺼져.
오늘부터.

아잉.
왜 그러세요...
관장님...
헤헤,
연기였습니다.
연기. 헤헤헤...
그리고 네 베개는
네 사물함에
넣으라고!
회원들이 매트 위에
베개가 있으니까
저게 뭐냐고
자꾸 묻잖아!
안 되겠어.
너 당장 나가!
꼴도 보기 싫어!
으앙 관장님
제발..
우당탕
큰 헬스장
큰 헬스장
와르르
찬희는 늘
이런 식으로
맞지 않아도 될
매를 벌었다.
큰 헬스
큰 헬스장

며칠 후..

즐거운 토요일~
룰루랄라!~
한가한 휴일이로군.
야! 서찬희!
체육관 지키고 있어.
난 점심 먹고
올테니까.
저는요?
STRONG
사올게.
또 지는
맛있는 거 처먹고
난 떡볶이 같은 거나
사다주겠지!
철벅
철벅
철벅
네온비 관장
이새끼...
고작 한 달에
용돈 만 원 주면서
날 이렇게
부려먹다니...
젠장!
젠장!!

삐삣
12:30 PM
메시지
밖에서 일이
생겨조금 늦는다
-네온비-
사기나 한탕
크게 치고
도망가버릴까?
그래.
내가 이런 데서
썩을 사람이
아니지.
크흐…흐흐…
흐흐흐흐흣..
마침 지금
사람도 없겠다.
하늘도 날
돕는구나!
큰 헬스장
두리번
두리번
큰헬스장
큰
헬
스
장

저기요!!
붕붕
잠깐만!
잠깐만!

네?

외출 중이던 수지를 다짜고짜 불러세운 서찬희.
무슨…. 일이시죠?
우리는 그가 무슨 꿍꿍이를 담고서 수지에게 접근했는지 잠시 지켜보도록 하자.
어머님. 완전 뚱뚱하시군요. 이참에 살을 한번 쫙~! 빼보지 않으시겠-
뭐? 어머님?!
전 아직 25살이란 말예요!
꽈악
커……. 쿠…..켁. ㅇㅇ알겠음.
어머님이든 미혼이든 그게… 지금 중요한가요?
중요한 건 당신이 아줌마로 보일 정도로 뚱뚱하다는 겁니다.
뭐, 뭐라구요?! 당신 뭐예요! 지나가는 사람에게 뜬금없이!
쿵
쿵
쿵
어이구 땅 꺼지겠다. 와하하, 하하하하하
헨젤과 그레텔 주인공 이었으면 마녀한테 옛날에 잡아 먹혔겠네.
그러니까 살을 빼보지 않겠냐구요. 네?
네~에?!

이, 이사람…
대체… 뭐지?
믿기 힘들겠지만 수지에게 이런 인신공격을 한 사람은 서찬희가 처음이었다.
수지의 회사동료들은 늘 수지가 상처받을까 봐 앞에서는 전혀 그런 이야기를 하지 않았고, 부장이나 가족들 역시 좋은 쪽으로만 이야기를 했기 때문에 자신에게 이렇게 신랄하게 비판하는 존재를 수지는 난생 처음 접한 것이었다.
피트니스 센터에 처음 갔을 때도, 바디샵에 처음 갔을 때도, 수지는 그들에게 고객이었을 뿐이므로 상냥하고 나긋나긋한 어투의 대접만 받다가, 이렇게 자신에게 노골적으로 돼지라고 말하는 사람을 보니 수지는 당황하다 못해 점점 화가 나기 시작했다.
왜 자꾸 처음 보는 저한테 뚱뚱하다고 하세요! 기분 나쁘게!!
옳거니… 걸려든다. 걸려드는구만. 푸헤헤!
?
저게 뭐죠?
나… 나뭇잎이죠?

이건 뭐죠?
문이죠. 왜 뜬금없이 자꾸...
나뭇잎을 나뭇잎이라 부르고, 문을 문이라 부르는 것처럼
뚱뚱한 걸 뚱뚱하다고 말하는데 왜 화를 내시는 거죠?
죽어!
큰헬스장
큰 헬스장
짝
아무튼 이제 걱정 마세요!
비만전문 트레이너, 이 서찬희를 만나셨으니까!
비만... 전문 트레이너 라구요?
네. 지금은 이 큰 헬스장 주인 겸 코치를 맡고 있죠.
큰헬스장
큰 헬스장
잠시 상담도 괜찮은데, 어떠세요? 뺨 때린 기념으로 한번 들어보시면?

이렇게 큰 헬스장의 전문 트레이너라면 믿어봐도 좋지 않을까?
이사람 나한테 계속 과장된 굴욕을 느끼게 해서 살을 빼게 만드려는 건가?
이것도 일종의 다이어트 요법인가?
그런 건가?
수지는 홀린 듯 따라갔다.
근데요. 제가 그렇게 뚱뚱한가요? 남들보다 조금 더 몸이 크긴 하지만 …
네? 무슨 소리시죠? 보통 뚱뚱한 여자가 그냥 커피라면 당신은 T.O.P 스타벅스예요.
와아… 시설이 아주 멋져요… 지금은 사람이 한 명도 없네요?
네, 휴일이고 점심시간이니까요. 명절이나 주말엔 다들 사람 만나서 처먹는다고 정신이 없어요.
근데 이름이 어떻게 되시는지?
저는 트레이너 서찬희라고 합니다.
저는 은행원이고 이름은 신수지예요.
찬희는 마음이 다급했다. 네온비 관장이 돌아오기 전에 얼른 사기를 치고 먹튀할 생각으로 가득차 있어서 맞잡고 있는 두 손가락이 불안하게 움직인다.
네! 수지씨. 음 그럼… 아…. 음.
꼼지락 꼼지락
…화장실 가고 싶으신가?
어쨌든 말입니다. 제가 트레이너를 맡아서 실패한 사례는 없어요.
티비에 자주 나오는 숑리나 아놀드 홈 아시죠?
네? 그 스타퀸에 나온 숑리…
걔네 다 나한테 형님형님 하는 사이예요.
네?!! 훨씬 어려 보이시는데요?
우와.
어려도 실력이 워~~~~낙 출중하니까!

우와…
그럼 저 트로피들도?
그럼요.
네온비관장이 대회에 나가서 딴 것들이다.
우와, 가까이서 보고 싶어요.
아,안 돼!!!!
…?
지금 설명 중이지 않습니까!
앗, 예의에 어긋난 행동을 하고 말았네.
죄송합니다.
괜찮아요. 괜찮아.
이제 본론으로 들어갈까요? 제가 한 달에 10번 트레이닝 해주는 걸로 하고…
이정도면 어떨까요?
그렇게 큰돈은 없는데요… 얼마 전에 사실 좀 큰돈을 써서. 휴…. 좀 싸게는 안 되겠죠? 그럼 전 이만…
자,잠깐!! 신규회원께는 할인을 해드려요!
네? 얼마까지 할인이 되죠?

음....그....
서,석 장!
그 밑으론 안 돼요.
수지씨가 너무
뚱뚱하니까 사람 하나
살리는 셈 치고.
어때요?
으아아
믿어볼까...?
마지막으로...
한 번만 더...??
각종 효과 있다는
다이어트는 다 해봤어..
하지만 모두 실패했지.
남은 방법은
운동뿐이야.
이번에도 안 되면
정말 그냥 살자...
정말 포기해
버리자.
난 그 정도의
인간이라고
생각하고
그냥 편하게
살아버리자.

하지만 이번엔
뭔가 달라!
내 인생 마지막
기회가 온 거야!!
이 사람이...
내 마지막
희망...!!!!
나의 마지막
찬스....!!!!!
벼랑 끝에 몰린
내게 내려온
마지막 밧줄...!!!!
썩은 밧줄
...정말로
빠지겠죠?
그럼요.
그럼요.
저 이번에 안 되면
정말 포기할 거예요.
선생님이 저에게
처음으로 독설을
한 사람이니까
믿을게요.
진심이에요.
그럼요.
그럼요.

빨리 쓰세요. 빨리! 더 빨리!
네,네!
가입서
PT신청서
지불증명서
착착착
좋습니다. 사물함은 프론트에 가서 따로 신청하시구요. 뭐, 남는 사물함이 있어야겠지만.
그리고 사물함 사용비는 따로 내셔야 합니다…
오늘은 문을 안 열었으니 내일 가보도록 하세요.
회원카드는 월요일에 오시면 직접 드리죠.
그럼 돈은 언제?
오늘 안에 주시면 좋겠습니다만…
힐끔
싹싹
되도록 빠… 빨리 좀..
찬희는 정말로 운이 좋았다.
이날은 마침 수지가 적금을 탄 날이었다.
좋아요! 여기 300만 원!
텅
우웃?!!!!! !!!!!!!!!
30만 원이 아니고 300?
300?

어,어법버
ㅓㅓ버…
어, 어디
아프세요?
아,아니요.
수지씨…
사락
살이 빠지면 정말
예쁠 얼굴이에요.
후후후후후후.
그, 그런 말은
어릴 때부터
많이 들어서…!
내일은 쉬는
일요일이니
월요일부터
나오세요.
에헤헤
자, 이제
볼일이
끝났으니
가세요.
팍
팍
팍
넹? 저 조금
더 둘러보고
싶…
쉬는 것도
다이어트에
중요하단
말입니다!
어서
가세요!
어서!
빨리!!
아,네!
네!!!!
큰 헬스장
큰 헬스장
??
??
음크크크..
크하하하하하!!

채칵
채칵
채칵
채칵
채칵
채칵
채칵
탁
벌떡
퇴근하겠습니다!
쌔앵
수지씨..?
무슨 좋은
일이라도
있나?
이제 진짜,
진~짜!!
난 새로
태어나는 거야!!
뚱땡이 인생의
맥시멈은
오늘까지야!
내일은
오늘보다 더
날씬해지고,
그 모레는
내일보다 더
날씬해지고..
후후후.
큰헬스장
큰헬스장
회원
카드는요?

코치님과 직접
상담받으며
등록했어요~
카드는 오늘
받을 거예요~.
그럼 이만♡
네??
저... 이봐요?
이봐요?
아하하하하.
선생님~?
어디 계세요~?
선생님~!
오늘부터
수업을
시작해야죠~!
선생님~!
선생님~!
신규 회원
이신가요?
?
?
저어...
코치님?
이신가요?
오후 코치
네온비
네, 그렇습니다만..

어? 저기... 죄송하지만,
다른 코치님은 어디에...?
두리번
두리번
다른 코치요?
여긴 저
혼자인데....
오전 시간대에
여자 코치분이
계시긴 합니다만..
STRONG
네? 여자 아닌데...
서찬희
코치님은
언제
오시나요?
서찬희요?!!
서찬희
래요...
찬희?
찬희라고?
서찬희
코치라니
그게 무슨
소립니까?
뭐야?
뭐야?
?
?
저도 지금
그 자식이랑 연락이
안 되고 있어요!
큰헬스장
큰
헬
뭐, 뭔가
오해가
있는 거죠?
네?
사기를..
당하신 것
같습니다.
뒤적
뒤적
며, 명함도
받았는데!
이건...
서찬희가 아니라
제 명함입니다.
여기 잘 보시면
이름을 화이트로
지운 자국이..
큰 헬스장
코치 서찬희
아..... 뭐라
드릴 말씀이
없군요.

그 자식이 도망가면서 헬스장 돈통까지 몽땅 들고 튀었지 뭡니까.
지금 백방으로 수소문하고 있으니 곧 잡을 수 있을 겁니다...
어쨌든 죄송합니다.
일단 그 자식을 잡아야 차차 피해보상을 ...
저.. 아가씨?
아가씨?
자신 있는 얼굴로 내 인생을 바꿔 주겠다고 했잖아?!
어?!
어??????????
와하하하!! 멍청한 뚱땡이!
이건 얼마죠?
빙글
빙글
50만 원입니다.
이거랑 모자랑, 이것도 주세요.
SACCI
아 저것도요.

크하하!
으아~!! 대박
잘생겼네!!
크흐흐!
흐흐흐흣.
흐흐흥~
흐흥~♬
나는야 잘생긴 서찬희/돈이 많이 생겼어
갖고 싶은 건 몽땅 다 살 수 있다네
샤랄라라~라라라라~
오늘은 외식을 할 거야
커리전문점
그저 바라만 보았던
커리 레스토랑에서
rap)이곳에서 난
치커리가 들어있는
비싼 커리를 먹고
키가 커지리
두구두구
닥닥
슈비루비 둡뚜와~
끝없이 나오는 코스 요리
이게 꿈인가 생시인가
하지만 혼자 먹긴 너무나 많아
사이좋게 너도 한입 나도 한입

그리고 잠시
찬희의 기억이
끊겼다.
부그르리리
푸왁!!!
살려주세요!!
이게 무슨
짓이야!!
내 마지막
희망이었어…
돈도 돈이지만,
넌 내 마지막
희망을
부숴버린 거야.
어쨌든 이제
못 갚는데 뭐
어쩌라구!
이 뚱땡아!!!!!

부그르르르
커헉!!
알았어! 알았어!
잠깐만!
날 잡으러 다니느라 운동 많이 했지?
그걸로 수업을 한 셈 치면 어떨까?
내가 살을 빼줄게, 빼준다고... 어쨌든 살을 빼주면 되는 거잖아?
거짓말하지마! 이젠 안 속아!!
좋아... 좋아, 그래, 오케이, 알았어, 진정해.
아가씨. 진정하라구.
정말이야, 다이어트 100% 성공할 수 있는 비법 두 가지도 알려줄게.
바로 지금!!

하나는....
식이조절.
....
또 하나는....
운동..
이 자식, 진짜 웃기는 놈이네!!
알아!! 다 안다구!!
첨벙
첨벙
죽어!!!!!!!!!

하, 하지만
못하고…
있는 거잖아….
어푸 어푸…!
그래서
지금도….
뚱뚱한…
거잖아..
내가…..
내가
해줄테니까…!
내가
도와줄게!!!
쿨럭..!
쿨럭..!
또 무슨
소리를 하려고..
네 가장 큰
문제 중
하나는…
네가 먹을 것을
조절하지 않고
먹어대도,
제지할 사람이
전혀 없다는 거다
….
너에게 지금
필요한 건
자전거나
다이어트 약
따위가 아니야.
앉아있는 엉덩이를
걷어차서라도
일으켜 세울 친구.
네가 씹고 있는 닭다리를
입에서 직접 빼줄 수 있는
살아 숨 쉬는 친구가
네 옆에 있어야 한다고.
….
네가
이 지경까지 된 건
꼭 게을러서만은
아니야.
단지 널 바른 길로
이끌어주는 사람이
없었을 뿐이다.

내가 그런
사람이 돼 줄게.
이번엔 진짜야.
그러니까 이번
한번만 믿어줘…
어때?

당연히 씨알도
안 먹힐 소리였다.
저 젊은 놈은
뭣 때문에
들어왔대?
사기죄
라는데ㅋㅋ
수지는 미련했지만
그렇다고 바보는
아니었던 것이다.
크윽…
어차피 살을
빼줄 마음도
전혀 없었지만
…
이 뚱땡이가
진짜로
경찰을
부를 줄이야..!
뚜벅
뚜벅
어?
관장님!!
여기요, 여기!!
저 좀
꺼내
주세요!!
역시
관장님밖에
없어요!
…
너, 내
전화번호밖에
모르니까 여기로
전화한 거지?
네… 뭐…
경찰서
내가
해결했으니까
이제 나와.

부우웅
아오! 춥고 딱딱하고,
불편해 죽는 줄 알았네!!!!
빌어먹을
똥땡이!!!
주절 주절
설렁탕이나,
콩나물국밥이나
뭐 아무거나.
감자탕도 괜찮고.
관장님, 배고파요.
우리 일단 뭐 좀
먹으러 가요.
...
아~.
그나저나 이렇게
드라이브 하는 거
얼마만이에요?
관장님!
기억나세요?
처음 만났을 때
말이에요.
헤헤헤.
그때 체육관에
찾아온 저를 보고
놀라셨던 거랑..
제가 없으니
체육관 청소도
잘 안 되죠?
아이~. 참.
역시 내가 있어야
돌아간다니까.
...
오와!
바깥 보세요!
오늘 날씨
죽이네.
그 여자한테
합의금은
얼마나
줬어요?
본의 아니게
죄송하게
됐네요.
돈이 먼전가요?
사람이 먼저지!
한 달에
만 원씩 받아서
꼭 갚을 테니
걱정마세요!
찬희는 어쩐지 자기만
말하는 느낌이 들었지만
개의치 않고 줄창
떠들어댔다.
그동안
네온비 관장은
묵묵히 운전만
할 뿐이었다.
끽

어? 헬스장으로
안 가세요?
내려….
네?
내려.
?
?
?
지잉
이거 받아.
어?
용돈
이에요??
냉큼
네 뒤치다꺼리
하는 것 더 이상
못 참겠어.
예?
이제 다시는
연락하지 마라.
예?

관장님! 농담이죠?
헤헤....
관장님!
관장님?
지이잉
제가 사기 좀
쳤다고 이러시는
거예요?
그 여자
찾아가서
용서 빌게요!!
네?
그냥 잠깐
그런 거예요!!!
이렇게 날 두고
가지 마세요!!
관장님!
어어???
야!! 네온비!
관장!!
임마!
새새꺄!!
부우웅
커컥
쿨럭!!
쿨럭!!!
철푸덕

고작 3만 원....
3만 원을 쥐어주고 날 버렸다 이거지?
난 그래도 스승으로.. 형으로.. 대접을 해줬는데!!
나한테 남은 건 3만 원! 3만 원이란 말야??
내 가치는 고작 3만 원인 거야?
이 자세는 복근운동 후 스트레칭에 좋습니다.
난 그래도 가족이라고 생각했는데..!!!
분노도 잠시, 찬희는 슬픈 기분이 몰아쳐 온다.
그랬다.
네온비 관장은 틱틱대면서도 몇 년 동안이나 찬희를 유일하게 돌봐준 존재였던 것이다.
그런 네온비 관장도 찬희의 망나니짓에 두 손 두 발을 다 들었다는 것이었다.
크윽...
으흐흑
으허헝
허엉
와아앙

와앙
터벅
터벅
와앙
부웅~
와앙
덜컹
덜컹
덜컹
다시 찾아가면..
다시 찾아가면 받아주지 않을까?
돌아가려면... 내가 잘못을 용서 받았다는 증거가 필요해...
그리고 더 이상 이렇게 무시 받으며 살기도 싫어!!
젠장!! 무슨 뾰족한 수가 없을까?!
...

아하하하
와삭
와삭
수지는 다시 원래의 일상으로 돌아갔다.
경찰을 부를 것까진 없었나…
그 분이 무릎 꿇고 사정해서 합의해주긴 했지만…
합의해 주세요. 나머지는 천천히 갚겠습니다.
그래도 정말 못된 녀석이야.
띵동
띵동
누구세요?
…
히에에엑.
저어, 미안하지만 좀 열어줘.
해코지? 해코지하러 찾아온 건가?
다,다,당장 꺼지지 못해!
내가 잘못했어. 정말 사과하고 싶어서 온 거야.

끼익
어쩐지 깝치는 분위기가 사라졌는데..?
그래서 말인데,
사과하는 뜻에서 진짜로 살을 빼줄게..
어때?
....
내가 진짜로 날씬하게 만들어 주겠다니까?!!
빼줄 거야! 빼주고 싶어!!
난! 난 이제 날씬한 사람들이 하는 말은 안 믿어!!!
뭐?
나, 날씬한 사람들이 나한테 상냥하게 말을 건네는 건 내가 고객이기 때문일 뿐이잖아!!
이제 달콤한 말에 안 속는다고! 지긋지긋해!!

홈쇼핑 같은 데서 허리운동,
복부운동하는 기구를 선전하는
날씬한 사람들은 그걸 해서
날씬해진 건 아니잖아..
원래 날씬한
사람들이 그냥
물건을 팔기 위해
홍보하는 것
뿐이잖아?
난.. 난!!!!!
이제 더 이상
안 속아.
난 그냥
이대로
살 거야!
그러니까 너도
나한테 뭔가를
바라고 왔다면
포기하고
돌아가라고!
쾅

..볼살 가릴 걱정 안 하고, 머리스타일 마음대로 바꾸고 싶지 않아?
몸에 맞는 옷이면 색이나 디자인이 어떻든 무조건 사게 되는 그 버릇, 버리고 싶지 않아?
명절 때 살 빼라는 소리 듣는 거, 진짜 지긋지긋하지 않았어?
등살이나 뱃살, 팔뚝살 걱정 안 하고 티셔츠 당당하게 입고 싶지 않냐구.
빅사이즈 입으면 외국인 체형 기준이라 팔다리 길이가 항상 남아돌아서 수선해야 하는 그 기분 지겹지 않냐고!
여기저기 몸이 아프고 팔다리가 저린 증상에서 벗어나고 싶지 않냐고.
목욕탕이나 찜질방에 당당하게 들어가고 싶지 않냐고!
....
남들 다 가는 수영장 같은 곳도 사실 가보고 싶지?
발톱 깎을 때 보통 사람보다 몇 배는 더 힘든 거, 어디 가서 말도 못했지?
공공장소나 비좁은 골목길 지나갈 때 괜히 남 눈치 보게 되고!
남들과 똑같이 장을 보고 와도 남들의 시선에 괜히 주눅 들고!
발등이 통통하니까 예쁜 신발 따윈 꿈도 못꾸고!
자주 두통 오고! 띵하고! 어지럽고!
적게 먹으면 그 덩치에 그거 먹어서 되겠냐고 하고, 많이 먹으면 그러니까 살이 찐다고 하고!

일어나기도 힘들고! 골이 띵하고 손발이 저리고!
오래 앉아있으면 엉덩이가 눌려 아프고! 오래 서 있으면 발목이 아프고!
잠깐 책상에 엎드려 자고 싶은데 뱃살 때문에 불편하고!
평소엔 트레이닝 바지밖에 못 입고! 어쩌다 모임이 생기면 불편한 옷 입고 나갔다가 체해서 돌아오기 일쑤고 말야!!
고속버스탈 때 안전벨트 매기도 힘들고!
버스나 지하철 타게 돼도 자리 하나에 앉지를 못하니까 사람들에게 눈총 받을까봐 일부러 서 있고!!
바지 가랑이 사이가 살 때문에 계속 쓸려서 잘 해지고!
그런 데서 자연스럽게 사람들과 섞여 앉아 가는 게 소원이잖아. 아니야??
1001
끼익
네가 그런 기분을 어떻게 알아...?
응??
어떻게 알고 있는 거냐구???

나도 뚱뚱했어. 엄청나게.
살을 요요 없이 빼는데 오랜 시간이 걸렸지..
?!!!!
정말로?
그래, 이건 영광의 상처.
튼살자국! 진짜다! 정말로 살이 많이 쪘을 때 생기는 자국!
살을 빼면 이런 옅은 튼살 자국쯤은, 의학의 도움을 받아 없앨 수 있어.
난 돈이 없어서 못했지만.
그래도 뚱뚱할 때보다는 훨씬 살기가 편해졌지.
...
이번엔 진짜야. 믿어줘.
당신을 관리해줄게. 진짜로!
내게 한 번만 기회를 줘...
제발...
그렇게 속고 또 속고도 살을 빼주는 거라면 혹하는 내가 싫다...
그래서 아예 다이어트 안 하려고 했는데...

어차피 더 이상 잃을 것도 없잖아?
마지막으로 한 번만 더 믿어볼까..?
이번이 정말 내 마지막 다이어트야..!!
일어나, 서찬희씨.
!
믿어볼게.
어차피 다른 방법도 없으니까...
고.....
고마워.
찬희는 고개를 떨군 채 한동안 들질 못했다.

웃는 게
들킬까봐.
일단
살을 빼준다는
찬희의 말은
거짓이 아니었다.
다만 아주
약간의 불순한
목적이 있었을뿐.
이 여자의 살을 빼준 다음,
비포 애프터 사진으로 홍보하는 거야…
그래서 정식 트레이너가 되는 거야.
진짜로 아놀드 홈이나 숑리처럼
아주 아주 유명한 트레이너.
돈도 잘 버는 트레이너가 되는 거다…
내가 잘못했다. 제발 우리 헬스장의 트레이너로 일해줘.
흥!!!!!!! 그렇게 매정하게 날 버릴 땐 언제고 !!!!!!
네온비 관장이 날 더 이상 무시하지 못하게…!!!
절대로 요요가 오지 않는 정공법으로..!
크흐흐흐흐..
목적은 서로 달랐지만, 일단 그것은
살을 뺀 이후의 얘기.
어쨌든
수지에게도 이건
결코 나쁜 이야기가
아니었다.
…그런데…
말이야.
내가 수지 당신을
제대로 관리하려면…
으으음…
?
크윽…정말…
정말 괴롭지만,
아주 파격적인
조건을 제시하지.
뭐야. 이제
더 이상 돈은
없어.

그러니까…
오해하지
말고 들어.
확실히 살을
빼 주려면 너의
일거수 일투족을
알아야 된단
말이야..
내가 갈 곳이
없어서 그러는 건
아니고.
………
설마…
뭐…
여기서 같이
살겠다거나
하는
허무맹랑한
소리는
아니겠지?
여자 혼자
사는 집에서??
하하,
나도 참.
내가
말해놓고도
웃기네.
동거 같은 건
절대 아니야!!
이건!
이건 말이지!!!
합숙이라고!!!!
봐! 난 짐도
아무것도
없잖아??
응?
탈탈
내가.. 꼭 집이
없어서가 아니라!
어쩔 수 없잖아!!!
확실히 살을
빼주려면 옆에
있어야 하니까!!!
드디어 수지의 진정한
다이어트가 시작되려는
순간이었다.
그리고
다이어트가
필요한
또 한 사람.
축구엔 역시
치맥이지!
= 박지성 선수
슈-웃!

4. 굶기는 해롭다

신체는 환경과 영양 상태에 따라 체질을 유지, 혹은 변화시킵니다. 만약 단순히 굶기를 반복하면 신체는 이를 민감하게 감지합니다. 그리하여 "아, 밥이 안 들어온다, 비상사태다! 오래 살려면 에너지를 아끼자!"라고 여기고 에너지를 비축하려 하고, 섭취되는 음식은 거의 지방으로 변환됩니다. 또한 "비상시국이니까 당장 쓰지도 않는 근육을 먼저 에너지로 바꿔야지. 어차피 연비도 나쁜데다가 에너지로 바꾸기도 쉬우니 해치워 버리자구!"라면서 근육은 감소하게 됩니다. 그리하여 체중은 줄어들지만 근육은 거의 없고 체지방만 잔뜩 있는 부실 체질이 됩니다. 이렇게 체지방만 늘어나고 나쁜 체질로 변하는 것을 일컬어 '요요현상'이라고 합니다.

한 연구진이 식사 횟수와 다이어트의 관계를 조사했다고 합니다. 같은 양의 음식을 한 그룹은 하루에 2번, 다른 그룹은 하루 5번 섭취하게 했습니다. 그러자 여러 번 식사를 한 그룹이 섭취 열량 대비 체중 감소가 컸다고 합니다. 잦은 식사를 하면 신체는 "오오, 풍년이다, 풍년, 에너지 막 쓰자!"라고 여깁니다. 여러 번의 식사만으로 신체에 "이상무!"라는 신호를 보낼 수 있는 것입니다.

같은 이유로 저녁밥 거르기도 좋지 않습니다. 저녁을 굶으면 다음 날 아침까지 거의 12시간을 공복인 상태로 있어야 합니다. 물론 그 시간이 긴 만큼 당장은 몸무게가 빠져 보이는 효과는 있습니다. 그러나 긴 공복이 여러 날 계속되면 신체는 비상사태라 여겨 지방을 축적하기 시작합니다. 따라서 한 끼를 통째로 굶기보다는 매 끼니를 먹되 양을 줄이는 편이 좋습니다. 또한 끼니를 늘리는 개념으로 간식도 적절한 식단으로 섭취하면 좋습니다. 여기에다 간식은 식욕도 억제하는 효과가 있고요. 추천 간식은 〈다이어터 라이트 에디션〉 2권 148쪽의 '간식은 무엇을 먹을까?'를 참고하세요.

5. 살 빼는 약은 정말 효과가 있을까?

약의 도움이 필요한 환자는 분명 있습니다. 수술을 앞두고 급격하게 감량을 해야 하는 경우, 호르몬 분비로 식욕을 조절할 수 없는 경우에는 적절한 약물 처방이 필요합니다. 하지만 비만 때문에 살 빼는 약을 추천하지는 않습니다.

살 빼는 약은 크게 식욕억제제, 또 하나는 지방흡수차단제 두 가지 종류로 나뉩니다. 식욕억제제는 식욕을 떨어트립니다. 이 약의 효과는 놀라워서 복용하자마자 무언가 먹고 싶은 마음을 일시에 사라지게 해줍니다. 놀랍지요? 문제는 이들이 향정신성 의약품이라는 사실입니다.

남용한다면 우리 정신에 영향을 끼쳐 현기증, 두통, 심작 박동 이상 등 이상 증세를 유발할 수도 있습니다. 심각한 경우, 우울증, 자살 충동 등 예측할 수 없는 부작용을 일으킬 수도 있습니다. 때문에 4~8주 이상은 처방하지 않습니다. 또 처방 기간이 지난 후에는 곧바로 식욕을 되찾게 됩니다. 전문 의사들에 따르면 다이어트를 끝낼 때처럼 식욕이 쓰나미처럼 몰려오는 사례가 많다고 합니다. 살 빼는 약의 도움을 받아 건강하게 감량한 사람이 얼마나 될까요? 체중을 감량했다가 요요를 경험하는 경우가 대다수입니다.

지방흡수차단제는 체내에 들어온 지방의 30%를 차단합니다. 그만큼 섭취하는 열량이 줄어들게 되지요. 문제는 한식의 특성상 지방은 덜 사용한다는 점입니다. 한국인들의 주요 섭취 열량은 탄수화물과 당인데, 지방흡수차단제는 탄수화물과 당의 흡수는 막지 못합니다. 지방흡수차단제 역시 섭취만으로 살이 빠지는 마법의 약이 아니라는 것입니다. 때문에 이 약물 또한 장기간 처방은 권하지 않습니다. 무엇보다 이 두 약물의 경우, 비급여 약물로 분류되어 많은 비용이 듭니다. 한계가 분명함에도 불구하고 많은 돈을 들일 필요는 없습니다. 결국 먹지 않는 것만 못한 결과를 낳게 됩니다.

6. 1일 1식, 간헐적 단식

간헐적 단식은 2018년부터 유행하기 시작해 현재도 많이 하는 다이어트 방법입니다. 하지만 추천하기는 어렵습니다. 2020년, 영국의 한 연구진이 발표한 간헐적 단식에 관한 연구에 따르면, 간헐적 단식을 시행한 실험 대상자들은 혈압이나 각종 건강 수치는 좋아졌지만 체지방과 몸무게는 늘어났다고 합니다. 또 1일 1식은 한국영양협회가 공식적으로 비추천하는 다이어트 법입니다. 신체 지질 개선 등 효과가 나타난 사례가 있긴 하지만, 단기적인 연구에 한한 결과이기 때문에 장기적으로 영양면에서 손실이 없는지는 알기 어렵기 때문입니다.

반면 식이요법과 운동을 병행하는 느린 다이어트는 100년이 넘는 세월 동안 많은 사람들에게 통용되고, 검증된 방법입니다. 1일 1식, 간헐적 단식 같은 다이어트 방법은 아직 충분한 검증을 할 수 있을 만큼 장기간 축적된 데이터가 없기 때문에 부정확한 점들이 많습니다.

7. 채식 다이어트에 대하여

채식만 먹을 경우, 단백질 부족으로 인해 건강이 나빠질까 걱정될 수 있습니다. 하지만 성인이라면 거의 문제가 없습니다. 우리가 섭취하는 단백질은 모두 식물에서 옵니다. 초식동물이 식물의 단백질을 체내에 모으면 인간이 취하게 되는 식이지요. 콩 등에서 단백질을 섭취하면 거의 문제가 생기지 않습니다.

지난 세기, 인간은 육류는 거의 섭취하지 않고 거의 곡류와 채소류만 먹으며 생존해왔습니다. 육류는 일부 특권층만 즐길 수 있는 음식이었으며, 대다수는 특별한 날에만 육류를 먹을 수 있었습니다. 따라서 비만이나 성인병은 특권층의 질병이었습니다. 기아나, 나쁜 위생 등의 변수만 제외하면 기초 체력은 채식을 주로 하는 평민 계층이 더 좋았다고 합니다.

〈다이어터〉는 다이어터의 육류 섭취를 나쁘게 보지 않습니다. 하지만 채식 위주의 식생활 역시 장점이 있고, 잘 맞는 분들이 있습니다. 무엇보다 채식은 소화가 잘 된다는 장점이 있습니다. 만성적인 소화불량에 시달린다면 채식을 해봐도 좋겠습니다. 다이어트를 할 때 무작정 채식을 권하기는 어렵습니다. 다만 채식에도 여러 장점이 있다는 점은 알아두는 것이 좋겠지요?

드르렁
드르렁
드르렁
드르렁
하아……
잠이 안 와.
드르렁
드르렁
쿠오오
저 자식이 시끄러워서
잠이 안 와……..
내가 미쳤지,
내가 미쳤어,
제정신이
아니었어.
내일 아침이 되면
내쫓아야지…
그런데….
잘못했어요..
한 번만..
앗..
움찔
흑흑.
움찔
관장님..
흐…
왠지 불쌍해….

으드드드-
불쑥
다녀왔습니다.
허!
아… 아침부터
어디 갔다 온 거야.
내 모든
신상정보다.
아침 일찍
떼어 왔어.
나를 아직
100% 믿지는
못할 테니까…
내가 만약에 도망가거나,
돈을 훔치거나 너한테
피해를 입히거든 바로
그걸로 경찰에
신고해도 좋아.
아……
이렇게까지.
자.
나보다
나이가
많잖아?

하지만 아무리 생각해도 같이 사는 건 좀..... 이웃의 보는 눈도 있고...
아, 사촌이라고 해! 사촌! 그럼 되잖아!!
그....
자, 그럼 이제부터 앞으로의 계획을 세워보자구.
한편 수지는 아침부터 묘한 위화감을 느끼고 있었다.
그 이유는 평소 그녀가 눈을 뜨면 가장 먼저 쳐다보던 냉장고에 있었다.
엇..?
탁
탁
탁
잠깐?
아니?
몽땅 사라졌어!!
내가 깨알같이 모아뒀던 그 많은 쿠폰들!
버렸다.

버… 버렸다구?
전부?
스르륵
응. 아침에 나가는 김에 전부 버렸지. 소각장에서 태워버렸어.
다른 사람이 주워가서 먹는 것도 어쩐지 배가 아프니까.
그…….그러니까… 내가 자는 사이에… 2장만 더 모으면 한 마리 공짜인 또래또래 쿠폰도…
3장만 더 모으면 50장을 채워서 양장피가 공짜인 만리성 쿠폰도..
1장만 더 모으면 시켜먹을 수 있었던 피자 쿠폰도…. 전부 버렸다구?
전부?
전부???
그래. 관련 전단지도 전부 버렸지.
툭
끼아아아아!!
내… 내 삶의 낙을!! 내가 애지중지 모아온 것들을 상의도 없이 버렸단 말야?? 응??
너무해!!! 너무하잖아!!!
푸닥 푸닥
아, 아까워!! 아오.. 미친…. 내 쿠폰!!! 내 쿠폰~!!!!!!

쿵 쾅
쿵 쾅
쿵코앙
앞집에 부부싸움 난 거 아냐?
앞집에 아가씨 한 명 혼자 사는데?
아 그랬지? 또 깜빡했네. 어디…
촤악
쿵
쿵
쿵
머리가 가려웠나본데?
그래요? 목욕탕 갈 때 됐나보네… 마저 밥이나 먹어요.
딱
정신차려!!!
?!!

이 멍청한 녀석! 한 장만 더 모으면 된다고?
폭탄이 공짜로 생겼다고 집안에서 터뜨려 보겠다는 심보냐?
너 아직도 짜장면과 치킨을 3번, 양장피를 1번, 피자를 두 판이나 더 먹을 생각이었던 거야?
지금 너에게 피자는 폭탄이나 마찬가지야! 눈을 뜨라구!!
터지면 끝장이야!
거울 속 객관적인 네 모습을 봐!!
어서!
고개 들고!!
......
너는 뚱뚱해!
크윽.....

지방은 줄이고 근육을 늘려야 진정한 다이어트의 성공이라는 뜻이다.

이젠 그 악순환을 끊을 때가 왔다.

자. 그리고 이거.
이,이게 뭐죠?
앞으로 뭔갈 먹을 때마다 이 노트에 적어. 매일 검사할 테니까.
그래. 여기에 나의 맞춤식단 같은 게 쭉 짜여져 있나 보구나!
파라락
깨 끗
아무것도 안 써져 있는데요....
새 거니까 당연하지!
??
그럼.. 저 뭘 어떻게 적어야 ..
그냥 먹는 거 그대로 적으라니까.
먹지 말아야 할 음식 같은 건...
맞춤식단 같은 건...
일단 그냥 적어보라니까? 괜찮아 괜찮아. 먹은 시간이랑 음식만 쓰면 돼.
...
일단 수지에게는 자기의 생활패턴을 한발짝 떨어져서 바라볼 수 있는 기회가 필요했다.
다이어트 일기.
그것은 초보 다이어터의 필수 아이템이었던 것이다.

신수지 관찰일기
슥슥
* 생활 패턴 :
아침에 일어나
출근하고,
저녁 일찍 칼퇴근.
집에서는 거의
움직이지 않는다.
취미라고 한다면 빈백에 몸을 기대 누워 좋아하는
텔레비전 프로그램을 보거나 컴퓨터로 드라마나
예능 프로그램을 보는 게 전부.
옷은 회사 유니폼과
집에서 입는
트레이닝복이 대부분.
하지만 예쁜 옷엔
관심이 많은 것 같다…
옷이 이렇게 많은데
왜 트레이닝복만
입는 거야?
안 맞아서…..
사실, 충동구매한
옷이 많거든요.
인터넷에서 보고
너무 예뻐서…
살 좀만 빼서
입으려고
사놓고…
아직
못 빼서….
…
그녀의 옷장에는
<살을 빼면
입으려고 산>
옷들이 전체의
60%정도를
차지했다.
그러면서도
정작 예쁜 옷은 거의
입지도 못하고
트레이닝복만
주야장천
입고 있었다.
안타깝다…..
그리고 수지는
많이 먹는다.
하지만 야채, 과일,
견과류는 거의
먹지 않는 듯.
아이스크림에
토핑된 것
이외에는….
게다가 고칼로리,
고열량 음식,
단것에 환장을 한다.
그런 눈으로
보지 마세요!
아, 별로 먹지도
않았는데요 뭘!
이건
입가심이에요!

수지의 군것질 퍼레이드는 식단일기
첫째날부터 일목요연하게 드러났다.
2011. 4. 8 금요일
AM
8:20 카라멜 마키아또(편의점), 고소미
9:00 초코바
10:00 저지방두부도넛 2개, 제로 칼로리 사이다
(0 kcal)
10:30 순살 샌드위치. 이건 순살이니까 살이 안찌겠죠? ♡
PM
12:00 돼지고기 덮밥, 된장국, 김치, 나물
다이어트중이니까 나물반찬 위주로
12:30 모카라떼 1병 ← 식후에는 역시 커피!
3:00 페레로 로쉐 2개
5:00 델리만쥬 3개, 레모네이드
5:30 떡볶이 1인분, 순대 1인분, 닭꼬치 2개

저녁은 집에 와서 먹을 생각으로 아직 안 먹었어요.
…그래……. 솔직히 적은 건 잘했어…..
정말… 뼛속까지 솔직하구나. 정말로 먹은 그대로 다 적었으니까.
네. 한꺼번에 몰아서 쓰면 빠트리기 쉽다고 하셔서 먹으면서 바로바로 쓰느라 고생했어요.
헤헤
지금 웃음이 나와? 너 다이어트 할 마음이 있긴 한 거야?!
매일 이렇게 먹고 있었던 거야?
그리고 집에 와서 저녁을 또 먹겠다고?
일부러 저렇게 먹은 건 아니에요! 아침은 늦게 일어나서 못 챙겨먹어서 간단하게 먹은 거고…
점심 먹고 나면 졸리니까 커피 한 잔이랑…
그 정도는 다들 먹지 않나요?
오후에 입이 심심해서 초콜렛 조금 먹고…
퇴근하면서 직장동료가 만쥬를 줘서 레모네이드랑 같이 먹은 거구…
글구 그걸 먹으니까 갑자기 식욕이 땡겨서 저도 모르게 그만…
그래도 다이어트 중이니까 튀김은 참았어요.
그래, 튀김을 참은 건 잘했어.
10:00 저지방두부도넛 2개. 제로 칼로리 사이다 (0kcal)
10:30 순살 샌드위치. 이건 순살이니까 살이 안찌겠죠?♡
근데 10시쯤 먹은 이것들은 뭐지?
그게…
수지씨. 이거 먹어.
와하하하하
살안찌는 두부도넛
이제 칼로리 걱정은 마세요!

직장에… 부장님께서 저와 친하셔서 자꾸 간식을 주시는데. 왠지 저를 챙겨주시는 것 같아서 단호히 거절하기도 힘들고…..
그리고 딱히 살이 안 찌는 것들이라….
바보야!!
도너츠, 사이다, 샌드위치가 상식적으로 살이 안 찌겠냐?!!!
거의 매일 주시는데요..
부장이 널 좋아하나?
에이? 그럴리가요.
도넛과 피자, 햄버거 빵…아무리 멋진 말로 포장해도 지방을 늘리기 좋은 음식일 뿐이다.
부장님은 다른 사람 것도 자주 사주시고 싶어하는데 다들 안 먹어서..
다이어트 중이라고..
근데 넌 왜 먹는 거야?
너도 다이어트 중이잖아!
……그게…..
어?
그러네요?
단호히 거절해라. 직장에서 짤려도 좋다는 생각으로 거절해!!
으…
네!
알겠습니다.
앞으로 뭔갈 먹을 때는 아침, 점심, 저녁 중 어디에 해당하는지 생각하고 먹어.
그 어디에도 해당하지 않을 때는 음식에 손대지마!
찬희는 수지의 다이어트 일기를 보고 확신할 수 있었다.
아무 생각 없이 먹던 간식이 수지를 비만으로 만든 가장 큰 이유였던 것이다.
놔두면 눅눅해지니까 빨리 먹어버리자!!
내 눈앞에서 없애버리고 싶어!!
냠냠
찬희 입장으로선 수지의 간식 섭취를 제한하는 일이 무엇보다 중요했다.
FamilyMart
1+1 EVENT

1+1 EVENT
Ghana
MILK
....
으,
으악!!
우르르
같이 먹으려고 한거예요!!
진짜예요!!
변명하지마 추해
습관이란 그렇게
무서운 것이었다.

안 돼요-!!
내 카드!
싹둑
내 쿠폰!!
싹둑
싹둑
싹둑
내 도장!!
싹둑
으흑...
한 번만
더 찍으면
머핀이
공짜였는데
...
쿠폰 따위에
집착하지 마!
흐흑.. 네.
목이 말라
죽을 것 같으면
물을 사 먹어!
배가 고프면
조금만
참았다가
밥을 먹고!
대신 딱
네 가지만
조심하는 거야.
<짠 것>, <단 것>,
<밀가루>, <튀긴 것>!
딱 이 네 가지만.
약속해, 지금.
꾸깃
꾸깃
네, 노력은
하겠지만....
'하겠지만..'이
아니야!
노력 '하는'
거다.
찔끔
지갑에 현금들은
네 통장에 다시
저축해두겠어.
오늘부터 수지 네가
밖에서 쓸 수 있는 것은
이 체크카드 하나뿐이야.
Check card
9410 4612 3456 7890
SIN SOO JEE
Maestro
당연히 네 통장에서
빠져 나갈거야.
하지만
결제 내역은
내 핸드폰으로
날아온다.

*2011년도 기준

그 말인 즉슨, 수지가 밖에서 뭔가를 사 먹는다면
즉시 찬희에게 보고가 된다는 것이었다.
게다가 포장마차나 노점 같은 곳에서 파는
군것질거리는 체크카드 결제가 되지 않으므로
전혀 먹을 수가 없다는 의미도 되었다.
[캐러멜체크카드] 신수지님 04월 08일 15:30 3,500원 GS편의점 사용
[캐러멜체크카드] 신수지님 04월 09일 19:45 5,500원 휘핑크림커피전문점 사용
크으윽...!
수지는 이런 상황까지 몰리자 치사하고 더러워서 제대로 다이어트를 해보자는 생각이 들기 시작했다.
수지의 마음은 찬희에 대한 분노와 감사함과
두려움의 소용돌이로 휘몰아쳤다.
그리고 아직도 수지가 넘어야 할 산은 남아있었다.
아, 싫다니까요!

제대로 서 봐! 머리도 묶고!
히잉.... 사진 찍히는 거 정말 싫은데...
사진 찍히는 게 왜 싫어?
못 나오니까요. 실물보다....
찰칵
찰칵
찰칵
똑같이 나왔구만.
에엑! 이게 나라구요? 말도 안 돼!
대게 살 찐 사람들은 자기가 좋아하고 원하는 각도로만 거울을 보지. 그래서 사진에 찍혔을 때, 나는 사진빨이 안 받는다, 실물보다 못 나온다고 생각하는 거야..
이게 남들이 보는 너야. 가장 객관적인 수지 너 자신!! 너, 전신 사진을 찍어 본 적도 없지!

.....
이, 있어요 전신은 아니지만 반신 사진이라면…
작년 친목회 바비큐 파티 때….
잘 못나온 거긴 하지만..
….대체 이 사진은 뭐야.
뭐가 그렇게 즐거운 거지? 왜 처웃고 있는 거야.
그냥…. 삼겹살이 잘 익어가니까 신나서 저도 모르게 그만…
앞으로 한 달마다 전신 사진을 찍을 거다. 자다가도 이불을 걷어찰 만큼 부끄러운 사진이겠지만 자신의 상태를 정확히 직시해야만 해.
앞으로 힘들고 포기하고 싶을 때마다 이 사진은 많은 자극을 주게 될 거야!!
한 달 뒤, 두 달 뒤, 세 달 뒤! 시간이 지나갈수록 이 사진을 봤을 때, 너는 점점 더 부끄러워 질 거다!
내가 이렇게까지 뚱뚱했었구나! 정말 다시는 이때로 돌아가고 싶지 않아, 하는 느낌으로 말야!!
마치 과거에 비닐바지를 입고 찍은 자신의 사진을 본 느낌처럼.
콩댄스를 추는 자신의 모습을 찍은 동영상을 다시 보는 느낌처럼.

그럼 자,
다음은 사이즈.
에엑!!
사이즈도
잰다구요?
싫어요!!
진짜 다이어트는
말이야..
단순히
체중계의 숫자를
줄이는 게 아니야.
솔직히 말해 체중계의
숫자는 크게 의미가 없어.
사이즈를 줄이는 데
성공해야 진짜
다이어트 성공이지.
찬희는 수지의
허리와 팔뚝,
허벅지,종아리
사이즈를 척척
기록해 나갔다 .
체중계의 숫자만을
줄이는 거라면 단순히
굶기만 해도 줄일 수 있어.
....
수지씨 요즘
무슨 일 있어?
다크 서클이
심한데...
피부는
푸석푸석
하고...
에? 살 뺐다고?
쪼금 수척해진 것
같긴 한데...
맞아요.....
삑
키가 163인데
체중이 93이야?
옷, 옷무게가 1kg...
아니 3kg...이에요!
옷이
3kg이라고??
강철팬티를
입었나....
좋아 1kg은
옷무게라고
치고.
그래도
163에
92kg이라...
흐음...
수지가 막연히 자신을
뚱뚱하다고 느끼는 것과,
구체적인 수치를 알게 되는 것의
차이는 컸다.

쿵
쿵
쿵
끙아차
아삭
아삭
오독
찌릉
찌릉
87.0
79.5
65.0
58.2
50.0

아무리 먹성 좋은 수지였지만 아침을 꼬박꼬박 챙겨 먹기란 쉬운 일이 아니었다.

수지가 찬희와 함께
식이조절을 시작한 지
일주일째 되던 날.
셀룰라이트는
기분이 편치 않았다.
와하하하
지방들이 돈을
펑펑 써대기
시작한 것이다.
BOOM
BOOM
쓸데없이
힘 빼지 말고
돈이나 모으란
말이야!
이 녀석들!
아~ 형님!
그렇게 돈만
잔뜩 모으다가
저승길에
싸들고
갈 겁니까?
형님도 그냥
노세요, 좀.
…
쏴아아아
와아~
돈이다!
아이러브
머니!
…
수지의 바디스타일 대란으로 인해
한때 엄청난 저축왕이 되었던 지방들이었지만
이제는 정해진 시간대에 돈이 계속 들어오니
악착같이 모을 필요를 못 느낀 것이다.
음식은 들어온다…
제 시간에
꼬박꼬박…
지금 당장
걱정할 건
없는 것 같다..
하지만..
이렇게 정해진 시간에
꼬박꼬박 들어왔던 적이
있었었나?
빵
빵

자네. 아직도 걸어다니나?
타라구.
부릉 부릉
....
차 좋은데요. 이거 비싼 거 아닙니까?
어. 한번 크게 질렀지.
부왕
....
저어, 지방대장님. 이럴 때일수록 좀 더 아끼고 저축하면 어떻겠습니까?
뭐? 지금 나한테 명령하는거야?
그게.. 아무래도 뭔가 이상한 느낌이 들어서...
이상하긴 뭐가 이상하다는 거야!
이렇게! 이렇게 돈이 제 시간에 꼬박꼬박 들어오고 있는데!!!
이 나라에서 우린 무적이라구!!

와하하하
부웅
셀룰라이트 대장님! 신입들이 들어옵니다!
신입들?
교육을 시켜야겠군.
그리고… 그… 이상한 박스도 요즘 같이 들어옵니다.
같이 들어오는 신입들을 홀리는 박스 말입니다….
전엔 그런 것들이 없었는데… 정말 무서운 세상이야.
교육을 철저히 시켜야겠어.
수지나라에 도착하신 것을 환영합니다!
우선 수지나라에 대해 간단한 소개를 드리자면…
전형적인 고도비만 사회이며 복부와 팔뚝에 이미 많은 지방들이 살고 있는 중입니다.
하지만 지금도 꾸준히 복부, 팔뚝 희망자를 받고 있으니 신청서를 제출하면…
슈우우우
쿠웅
???
안 돼!
가까이 가지마!
뭘까?
뭐지?
이히히.
헤헤헤.

딸칵
슉
?
슉
?
슉
?
슉
?
슉
?
뿅
뿅
우뚝
우뚝
푸휴~. 상쾌해~! 직장행 버스는 어디 있나.
오! 저기 있군.
다음 정거장은 변기입니다. 출발합니다.
부웅

크윽…
저건 대체 뭐지?
신입 지방들을
족족 데리고 나가는
저 녀석은 대체
뭐란 말이야!!
아삭
아삭
아, 맞다!
삼겹살이랑 채소를 같이 먹으면
채소 속에 있는 섬유질이 지방을
배출시켜준대요.
신문에서 봤음.
뭐…
그렇지.
알면
먹으라구.
붕 붕 붕
붕 붕
채소를 챙겨 먹으려면
좀 더 부지런해져야 한다.
수지에게 신선한
채소를 먹이기 위해
인터넷으로 구입한
채소 탈수기
다이어트를 하지 않더라도
생채소는 몸에 꼭 필요해.
채소에서만 얻을 수 있는
비타민과 무기질이 많거든.
매일매일
먹도록해.
셀룰라이트가
불안감을 느끼는
요소는 또 있었다.
둥실
둥실
아, 외롭다.
외로워.
솔로! 솔로!
어?
위를 봐!

사뿐
사뿐
레이디~! 저와 함께 넓은 세상으로 한 번 떠나보시지 않겠습니까?
찡긋
와 아-♡
요즘들어 자주 보이는 저 뺀질뺀질한 녀석도 재수없어!
저렇게 커플이 된 지방들은 모두 행방불명이 돼 버리니까 말이야..!!
오독
오독
아몬드엔 불포화지방이 많아. 하루에 한 줌 정도 먹도록 해.
아니. 저보고 지금 지방을 먹으라구요?
지방도 좋은 지방, 나쁜 지방이 있어. 아몬드는 좋은 지방이니까 괜찮아.
생 아몬드를 볶기 위해 구입한 스텐팬.
다행이다..
맛있다..
오독
오독
촤악
촤악
또 좋다니까 배 터지게 먹을 생각말고 하루에 10알 씩만..
식비절감을 위해 직접 볶아 먹기로 했다.

식단조절
열흘째 되던 날.
벌떡
머리가 안 아파…
수지는 점점 아침에
일어나는 게 가뿐해졌다.
냠냠
디저트로만 먹었던 바나나도
아침 대용으로 좋은 음식이란 걸
알게 되었다.
외출하고 올게요~.
밖에서
이상한 거
사 먹지 말고
일찍 들어와!
붕붕
붕붕
아직까지 수지는
나약한 의지력의
소유자였지만…
찬희는
그나마 남아있던 수지의
부스러기 의지들을
모으고 모아서
일단 건강한 식단
단 하나에만
적응할 수 있도록
집중했고,
수지 역시 그 정도
노력은 할 수 있는
여자였던 것이다.

Bonus!

네온비 코치의 관심 있으면 좀더 봐☆ 코-너

1 채소편

글·그림 네온비

Bonus!
빵긋♡
네온비 코치의
관심 있으면 좀더 봐☆ 코-너
2 불포화지방편
글·그림 네온비
흔히 먹거리를 사서 성분표를 보면 나와 있는 <포화지방>.
영 양 성 분
열량 120kcal / 탄수화물 11g(3%)_당류 8g
단백질 6g (10%) / 지방 6g (12%)_포화지방 1.4g(9%)
트랜스지방 0g / 콜레스테롤 0mg / 나트륨 180mg(9%)
지방은 흔히 포화지방/불포화지방으로 나누어지는데
포화지방은 이런 것들.
라면
이거 말고도 무지 많음...
불포화지방은 이런 것들이 있습니다.
아몬드
잣
호두
등등.
등푸른 물고기
종류만 봐도 눈치채기 쉽듯, <포화지방>을 과다 섭취하면 마른 비만 or 리얼 비만이 됩니다.
게다가 <포화지방>은 고체형 지방입니다. 많이 드시면 여러분의 피가 기분나쁘게 끈~적 끈~적 꿀~렁 꿀~렁하게 되는거죠.
*마른 비만 : 말라보이지만 몸 속은 근육부족&지방과다로 위험한 상태. 자세한 설명은 적기가 귀찮으니 궁금하면 검색해보세요.
포화지방 과다섭취시 우리 몸은 LDL 콜레스테롤 수치가 높아지게 되는데,
LDL은 저렇게 혈관에 쌓이는 나쁜놈들이라고 생각하면 됩니다.
ㅋ
ㅋㅋ
폴짝
예고편에 나왔던 수지의 혈관(우물)을 막고있는 지방들.
끈적끈적한 피가 내 몸속을 활개치고 돌아다니는 것도 기분 나쁜데 혈관까지 처막고 있으니 못된 놈들이죠.
따라서 동맥경화 뇌졸중 심장병같은 혈관 질환도 유발시켜주고요.
어느날 훅 가는 겁니다.
그런 LDL의 천적이 HDL입니다.
HDL
불포화지방을 섭취함으로써 생기는 HDL은 혈관 벽에 붙어 있는 나쁜 지방을 없애줍니다.
아몬드는 하루 30g 정도가 권고되는 섭취량입니다.
많이 드시면 살쪄요. 적절히, 하루 10알 정도면 좋습니다.
잣, 호두 등에도 풍부하니 골고루 드시면 굿.
술안주로만 생각하지 마시구요.
아몬드 회사에서 이걸 본다면 홍보해 드렸으니 1년치 아몬드를 캐러멜 화실로 좀 보내주세요. 감사합니다. 아이 러브 아몬드!

수지가 식단조절을 한 지 2주가 지났다.
AM
8:20 카라멜 마끼아또 (편의점),
9:00 초코바
10:00 저지방 ♡ 도넛 2개,
10:30 순살 샌드위치. 이건 순살이니까
PM
12:00 돼지고기 덮밥, 된장국, 김치,
다이어트 중이니까 나물반찬 위주
12:30 모카라떼 1병 ← 식후에는
3:00 페레로로쉐 2개
커피가 정 마시고 싶으면 아메리카노로.
AM
6:50 바나나 2개, 토마토 1개, 물
9:00 저지방우유 300ml
PM
1:00 치킨오므라이스
2:10 아메리카노 커피 1잔
4:30 건빵 5개 정도
7:00 밥 1공기, 채소믹스, 고등어구이,
김치, 시금치
저녁엔 채소를 더 많이 먹는 게 좋겠다.
6:45 밥 한 공기
10:00 아메리카노
PM
밥 1공기, 된장찌개
(국물은 적게먹고 두부, 호박위주로)
장조림, 김, 김치
바나나 1개
6:00 밥 반공기, 두부 1/2 모,
채소믹스, 참치 양파볶음
드레싱은 작은 종지에 부어서 찍어 먹도록.
수지의 식단은 점점 개선되어 갔다.
맛있는 것을 먹고 싶다는 욕망은 항상 있었지만 그래도 수지는 제법 잘 참아내고 있었다.
설거지를 해 주는 사람이 있으니 편하군.
집에 있으면 그거라도 해야지.
부시시
얼른 일기 쓰고 출근하자.
아. 상쾌한 아침이야.
네.
슥슥
오랜만에 체중 재보자.
기
습

아. 갑자기
그러는 게
어딨어요!!
게다가 방금
밥 먹었는데.
미리 말해줬으면
어제 저녁부터…
아침도 다
먹었는데!!
싹싹
비웠는데!!
또, 또!
굶지 말라고
했잖아.
질질질
그냥
확인만
하자구.
갑자기
이런 법이
어딨어…!
식단이야
나름대로
노력하긴
했는데…
아침 먹은
직후니까
91kg 정도
되려나?
그래도 조금은
빠졌겠지…?
아닌가…??
아침 조금만
먹을걸…
덜덜덜
치사하다…!
치사해…!!
슬쩍
!!!!
식단조절만
2주차.
우왁!!
92kg→88kg
그저 적당히 밥 먹고
적당히 간식을 줄였을 뿐인데…
앞자리가
8이 됐어요!!
그간 수지가 얼마나 무절제한 생활을
해왔는지 반증해 주는 것이기도 했다.

100kg에서 점점 멀어지고 있다구요!
이럴 수가!
폴짝
별로 힘들지도 않았는데!!
세 끼 다 먹었는데!!
폴짝
갑자기 몸이 가벼워 진 것 같아요!
이동작은 유산소운동에 좋습니다.
잘 하고 있어.
폴짝
근데 주말 저녁에 만들어주시는 채소,단백질 식단이요… 보통은 일주일 내내 그렇게 먹지 않나요?
보통 그렇게 짜주지 않나요?
그럼 더 빨리 빠질 텐데..
체력이 별로라 금방 숨이 차다.
헉 헉
단기간에 빨리 빼야 될 중요한 일이라도 있어?
평생 내가 차려주는 음식만 먹고 살래? 그러고 싶어?
아뇨…
아뇨…
헉 헉
빨리 빼면 빨리 늙는단 말야.
빨리 내려가고 싶다고 옥상에서 뛰어내리는 바보는 없잖아?
엘리베이터를 타면 되잖아요. 엘리베이터!
으아아 아아 아아
우린 엘리베이터 대신 천천히 계단을 파면서 내려가는 거다.
그럼 지방이 다시 올라오고 싶어도 계단으로밖에 올라올 수 없어.
자. 잠깐…
여긴 왜 계단밖에 없어?!
빨리 올라가!
요요가 오기 어려운 체질이 되는거야.
그래도…2주만에 4kg! 한 달이면 8kg!! 5개월이면 40kg~
하하하
수지는 간만에 부질없는 망상을 하며 행복해 했다.

바보야, 당연히 그렇게는 안 돼. 넌 애초에 워낙 많이 나가서 초반에 빨리 빠지는 것뿐이야. ㅋㅋㅋㅋ
ㅋㅋㅋ
다녀오겠습니다.
잘 다녀와.
그래도 4kg 빠진 건 사실이니까~.
수지는 찬희가 놀려도 기분이 별로 나쁘지 않았다.
좋아!
오늘도 잘할 수 있을것 같다!
식단까지는 간신히 되돌려 놓았다.
이제 곧 운동을 시작해야겠군.

★2권에 계속

Index

[부록]

[본문]

다이어터 라이트 에디션 1

초판 1쇄 2020년 6월 29일

지은이 캐러멜 · 네온비

발행인 이상언
제작총괄 이정아
편집장 손혜린
책임편집 유효주

기획 이용환
표지 디자인 ALL designgroup
본문 디자인 변바희, 김미연, 이지은
마케팅 김주희, 김다은

발행처 중앙일보플러스(주)
주소 (04517) 서울시 중구 통일로 86 바비엥3 4층
등록 2008년 1월 25일 제2014-000178호
판매 1588-0950
제작 (02)6416-3922
홈페이지 jbooks.joins.com
네이버 포스트 post.naver.com/joongangbooks

ISBN 978-89-278-1125-1 04810
ISBN 978-89-278-1123-7(set)

중앙북스는 중앙일보플러스(주)의 단행본 출판 브랜드입니다.